漢字構形學講座

王寧 著

三民書局

國家圖書館出版品預行編目資料

漢字構形學講座／王寧著.－－初版二刷.－－臺北市：
三民, 2016
面；　公分.－－(中國語文系列)

ISBN 978－957－14－5763－5　　(平裝)

1.漢字

802.2　　　　　　　　　　　　　　　　102001025

© 　漢字構形學講座

著 作 人	王　寧
發 行 人	劉振強
著作財產權人	三民書局股份有限公司
發 行 所	三民書局股份有限公司
	地址　臺北市復興北路386號
	電話　(02)25006600
	郵撥帳號　0009998－5
門 市 部	(復北店) 臺北市復興北路386號
	(重南店) 臺北市重慶南路一段61號
出版日期	初版一刷　2013年4月
	初版二刷　2016年11月
編　　號	S 821110

行政院新聞局登記證局版臺業字第○二○○號

有著作權・不准侵害

ISBN　978－957－14－5763－5　　（平裝）

http://www.sanmin.com.tw　三民網路書店

前　言

　　《漢字構形學講座》簡本 2002 年 4 月在上海教育出版社出版，至今已經 11 年。11 年來，通過十幾種共時的同形制漢字構形的系統考察，漢字構形具有系統性已經多次被證實；整理和描寫漢字構形系統的操作規則與程序，也因多次運用、不斷充實而更加周密並合理化。漢字構形學的思路產生於對《說文》小篆的系聯和古今漢字的比較，這 11 年，我們採用電腦對《說文解字》及其前後時代的漢字進行了更為精密的解析，小篆構形系統內在的嚴密性有了更多的數據加以證實，有關漢字構形的理論原理和術語系的完善，比之 11 年以前也成熟多了。這 11 年來，我在教學的同時，一直在增補《漢字構形學講座》一書的內容，但諸事繁多，難得有機會將新補充的內容系統化。去年 9 月，我應邀到臺灣大學中國文學系訪學一學期，開設的課程之一是「漢字構形學」，使我有機會在面向臺灣大學跨學科的高年級本科生系統講授這門課程的同時，把 11 年前後固有的和新的想法綜合在一起，和年輕的同好者交流。我尋求理解，從他們的作業和提問中，我感受到了對構形規律的理解，令我萬分欣喜；因此，我很高興將《漢字構形

1

學講座》的增補本在臺灣出版。

　　這個增補本的結構有下面幾點變化：第一，將原來的第一講和第二講次序調換，以現在的第一講充當「緒論」的功能；第二，將原來的第四講「漢字的書寫元素與構形元素」、第五講「平面結構與層次結構」合為一講，成為現在的第四講「漢字的構形元素與結構次序」，因為元素是構形解構的結果，解構次序是結構次序的反向，二者本來難以分開論述；第三，將原來分為七、八兩講的「漢字的構形模式」上、下併為一講，作為現在的第六講，題目仍為「漢字的構形模式」；第四，取消了原來第九講「漢字的構形屬性和構意講解」，「構形屬性」的內容併入現在的第七講「漢字構形的共時認同關係」，「構意講解」併入現在的第十講「漢字構形規律與漢字教育」。現在的十講，結構應當比過去更合理、更緊湊，也更能體現漢字構形學的理論體系。

　　增補本字數比 2002 年簡版增加了一倍多，增加的內容有以下三個方面：

　　首先是對漢字構形原理作了必要的補充。例如，進一步闡釋了 9 種構形模式和傳統「六書」的關係，說明了「六書」的本質及精髓。勉強採用「六書」之定義，不如更理

性地放大「六書」的內涵，發揮「六書」的精神。再如，在漢字歷時傳承關係問題上，特別說明了處於不同時代的漢字，由於所記錄的詞彙總體系統發生了變化，即使字形具有傳承關係，音與義也未必對等，職能的分合與同源的分化隨時可見，在梳理個體漢字源流譜系時，要避免簡單化的毛病。又如，在漢字構形系統問題上，強調了《說文》小篆構形系統的示範作用，增加了構形系統整理和描寫的操作規則與程序等。

其次是在術語系的完善上作了必要的補充。漢字構形學的目的是為了創建漢字學的基礎理論，對一些已經被發掘出的漢字構形現象，應當在分析其本質的前提下，為其設置術語。在設置術語時，注意了把表面類似而本質不同的現象給予區分。例如，譌變與理據重構現象應當分開，後者是漢字在形義發生演變過程中適應新的構形系統的重組現象，是合理的，並非錯訛。再如，漢字認同的單位必須有層次地設定，字樣、字位的認同是文字的認同，而字種的認同已經涉及到詞彙，與音、義、用相關，不是單純的形體問題了。又如，獨體象形字失去了象形性，以已經固化進字形的語義體現構意，屬於「義化」現象，只有不能體現構意、無法講解的構件才可稱為「記號化」……為

了形成相互依存的術語系，這次增補，書後設置了術語表。

再次是為了說明原理和術語，新增了一部分例證和數據。漢字構形學是以描寫為主的基礎理論，希望保留它原來淺顯易懂的特點，因此，舉例儘量選擇記錄常用詞的字。為了儘量闡釋有規律的現象，避開枝節和無規律的偶然現象，在選擇古文字例證和討論歷時問題時，以甲骨文、金文、小篆為代表；今文字則直接用楷書為代表。這樣做是因為：第一，在文字考據上，甲骨文、金文、小篆的釋讀，經過幾代人的努力，更加成熟與可信，對基礎理論的闡發更適合；第二，甲骨文、金文與小篆直至隸楷，傳承關係更明確、直接，涉及的問題相對明瞭一些；第三，歷時文字之間拉開時間距離，階段性更強，演變的規律也更為清晰。舉例中的每個字形都有出處，但因是基礎理論的闡發，選擇例證以構形的典型性為主，具體出處就不注明了。

漢字經過數千年發展演變，已經非常複雜，想要從中離析出一個基礎理論來，不是一件容易的事。深下去難，淺下去也不容易，深入淺出還要準確就更難。我只能說盡力而已，唯有不停地修改、補充，以求不斷精進吧！

感謝臺灣大學中國文學系給我的這次訪學機會，感謝歷次修學漢字構形學的同學通過提問和作業給我的提示和

啟發，感謝臺灣三民書局配合本書所做的編輯工作，也感謝我的學友淩麗君為書稿簡繁轉換所做的多次校對和擬定的術語表初稿。

　　敬請專家與讀者批評指正。

　　為了讓新讀者瞭解編寫本書的初衷，茲將 2002 版序言作為附錄。

王　寧

2013 年 4 月

目　錄

第一講
漢字學與漢字構形學

　　如果從殷商甲骨文算起，漢字已經有了三千六百多年的歷史；估算漢字起源的時間，約在六千年以前。它書寫了中華民族的歷史，載負了光輝燦爛的中華文化；它具有超越方言分歧的能量，長期承擔著數億人用書面語交流思想的任務；它生發出篆刻、書法等世界第一流的藝術；在當代，它又以多種方式解決了現代化信息處理問題而進入電腦，迎接了高科技的挑戰。漢字是中國文化的瑰寶。

一、漢字學及其分支

　　表意文字和拼音文字是世界文字中並存的、代表著兩種發展趨勢的文字系統，它們各有其特點，又各有其發展規律，而漢字又是表意文字的代表；所以，漢字的研究不僅是中國文字學的課題，而且是世界文字學的課題。

　　漢字學是以漢字為研究對象建立起的一門學科，從漢代的「小學」算起，這門學科已有一千多年的歷史，它發展到今天，實際上形成了以下四個方面的分支：

1.漢字構形學

漢字構形學的主要任務是探討漢字的形體依一定的理據構成和演變的規律——包括個體字符的構成方式和漢字構形的總體系統中所包含的規律。 就漢字的發展歷史來說，不同歷史階段的漢字構形具有各自的特色，而漢字構形學要能涵蓋各階段漢字構形的諸多現象，為研究各階段漢字提供基礎理論和基本方法。

漢字形義學與漢字構形學是從不同角度提出來的。這種研究從理論上說，是要抓住漢字因語素的意義而構形的特點，總結出漢字形義統一的規律，在此基礎上，探討如何通過對漢字形體的分析達到確定它所記錄的詞的詞義這一目的。從實踐說，是要借助字形的分析來探討古代文獻的詞義，為古書閱讀和古籍整理提供語言釋讀的依據。

漢字構形學與漢字形義學是一項工作的兩個方面。前者借助於意義，探討的中心是形體，所以屬於漢字學範疇；後者借助於字形，探討的中心是意義，所以屬於訓詁學或文獻詞義學範疇。

2.漢字字體學

漢字字體指不同時代、不同用途（鼎彝、碑版、書冊、信札等）、不同書寫工具（筆、刀等）、不同書寫方法（筆

寫、刀刻、範鑄等)、不同地區所形成的漢字書寫的大類別和總風格。漢字字體在今文字階段形成了正規字體和變異字體的差異。一般把隸書、楷書稱作正規字體，行書、草書稱作變異字體。變異字體的結構是對正規字體結構有系統的變異，因此，它們的構形系統依附正規字體而存在。研究漢字字體風格特徵和演變規律，探討變異字體——行書和草書結構的變異規律，是漢字字體學的任務。

3. **漢字字（形）源學**

漢字字源學儘量找出漢字的最早字形，尋找每個字構字初期的造字意圖，也就是探討漢字的形源，也叫字源，這是漢字字源學的任務。字源學是研究探討形源的規律和漢字最初構形方式的學科。因為早期漢語詞源學也稱「字源學」，為了與漢語詞源學分清，漢字字源學也可稱為「漢字形源學」。一部分古文字的研究是本著尋找字的形源角度進行的，應當屬於這個分支。

漢字字用學與漢字字源學是從不同角度提出來的。個體字符造出後，並不是永遠用來記錄原初造字時所依據的那個詞或詞素，它的記錄職能時有變化。字用學就是研究在不同歷史時期具體的言語作品裡漢字字符記錄詞和詞素時職能的分化和轉移的。

漢字字源學探討原初字形，屬於漢字學範疇，字用學探討漢字記錄漢語的實際職能，屬於訓詁學或文獻詞義學範疇。

4.漢字文化學

這種研究有兩方面的目的：一方面是宏觀的，即把漢字看成一種文化事象，然後把它的整體放在人類文化的大背景、巨系統下，來觀察它與其他文化事象的關係，這是宏觀漢字文化學；另一方面則是微觀的，即要研究漢字個體字符構形和總體構形系統所攜帶的文化信息，對這些文化信息進行分析、加以揭示，這是微觀漢字文化學。總之，漢字文化學是在作為文化事象的漢字與其他文化事象的互證關係中建立起來的。如果說，漢字構形學是描寫的，那麼，漢字文化學則是解釋的：它要從歷史文化和社會歷史環境出發，對漢字個體字符構形的狀態及其原因加以解釋，同時對漢字構形總體系統及其演變的歷史所以如此作出回答。

二、創建漢字構形學的歷史必然性

漢字學這四個分支的內容是互相聯繫、密不可分的，

而漢字構形學則是這四個分支的樞紐和基礎。這是因為，通常所說的漢字三要素形、音、義，音和義都是漢字作為漢語的載體由漢語那兒承襲來的，只有字形是漢字的本體。不論研究漢字的字源、字用、風格和它所攜帶的文化信息，都必須先把漢字的構形規律搞清楚。

歷代的漢字學，包括漢字形義學、漢字字用學、漢字文化學，以及更為具體的古漢字考釋學、漢字形體演變學……都取得了不少成就。但是，系統的漢字學基礎理論至今並未完善；這是因為，在漢字學創建基礎理論的過程中，有兩個重要的觀念一直沒有很好地樹立起來，沒有得到足夠的重視：一個是漢字以形為本體的觀念，一個是漢字構形系統性的觀念。

什麼是漢字的本體？漢字是記錄漢語的視覺符號，它的音與義來源於漢語，字形才是它的本體。在中國，把字形作為漢字的中心來探討，從理論上研究其內在的規律，必須首先克服傳統漢字觀造成的兩種固有的積習。這兩種積習，都是早期漢字研究的實用目的帶來的。

中國古代的文字學稱作「小學」，因「周禮八歲入小學，保氏教國子，先以六書」這一制度而得名。它的目的開始是起點很低的識字教學，兩漢經今古文鬥爭以後，因

古文經學家的推崇，一下子上升為考證、解讀儒家經典的津梁，也就是講解古代書面文獻的工具，而有了崇高的地位。漢字所以能成為解讀古書、考證古義的依據，不僅因為它具有記錄漢語的功能，還因為它始終是表意文字系統，據義而構形，從字形上可以探求詞的本義，以本義推導引申義，再加上語音的因素找到本字而辨明假借義。由詞義而句意，由句意而章旨，由章旨而知文獻所傳播的思想。這種十分明確的解讀文獻的實用目的，造成了「小學」固有的形、音、義互求的傳統方法，而這種方法必然是以義為出發點又以義為落腳點的。「六書」是傳統文字學分析漢字構形模式的凡例與法則，但是，「六書」的前四書雖勉強可以涵蓋《說文》小篆的構形類型，後二書卻與構形沒有直接關係。細究「六書」的意圖，很大成分是著眼在探求形中的意（造字意圖）和義（構字所依據的詞義）。只有兼從「釋字之法」而不是單從「造字之法」的角度，也就是漢字形義學的角度，才能準確理解「六書」。而通過造字意圖來探求詞義，已經跨越到語言學範疇，並非單純的漢字本體研究了。「字」在「小學」家心目中常常是「詞」的同義語。正是因為他們忽略作為語言載體的文字相對的獨立價值，才經常弄得「字」與「詞」混淆，文字學與訓詁

學劃不清界線。

　　同樣由於解讀文獻的實用目的，「小學」家對漢字的關注一般是以個體為對象的。漢代及此後纂集的「小學」專書，大多以音、義為綱來訂編則，以形為綱的《說文解字》儘管包含著十分寶貴的構形系統的思想，但是由於使用它的人解讀文獻的實用目的太強烈了，後代人對它的應用，多數都著眼在對單個漢字的考據；而對它的評價，自然也以它提供的每個形體與意義考證的效果為標準，較少注重書中包含的構形系統思想。後代《說文》一類的字書在理論的自覺性上比之《說文》遠遠不如，絕大多數只是襲用《說文》的框架來羅列字形——而且是不同歷史層面的字形——因而很難看出漢字形體所具有的系統性。

　　漢字本體的研究必須以形為中心，而且必須在個體考證的基礎上探討其總體規律。傳統文字學在研究上以形附屬於義、著重個體而忽略總體的習慣，便無形之中成為這種本體研究的障礙。加之歷代字書都不區分字形的歷史層面，提供不出一批經過整理的系統字料，創建科學的漢字構形學便更加難以起步。沒有一套能夠分析漢字構形系統的基礎理論與可操作方法，有關漢字的許多爭議問題便不易取得共識，漢字史的研究也就難以取得突破性的進展。

　　傳統文字學並非完全沒有認識到研究漢字總體的重要性，字書對字的類聚本身就表現出「小學」家認識漢字總體的願望。而且，任何單字的考證都必須借助大量相關字形作為參照，考據家不可能沒有總體與個體關係的意識；但是，傳統文字學仍然不能完成創建漢字構形學的任務。這是因為，古代哲學與科學的發展，未能給它提供分析總體字形內部結構的理論和方法，因而面對三千多年不斷變化又不斷積澱的數萬漢字，他們難以由紛繁之中見其規律。

　　近現代文字學的許多專家對漢字理論的研究，為漢字構形學的創建打下了良好的基礎。同時，出土文字的自覺考證和古文字學的建立，不但使漢字構形的規律逐步得到了多方的印證，而且使文字斷代的觀念得到了強化。從甲骨文到秦篆歷代古文字大量形體的實際面貌，隸變以後漢字形體演變的複雜事實，都對傳統「六書」提出了挑戰，進一步說明了「六書」僅對秦代規範的小篆是適合的，但是它無法覆蓋歷代的漢字構形。為了使漢字構形的類型劃分能夠切合古文字的實際，一些文字學家提出了「三書」說，但是，「三書」說對古文字說來過於籠統，對今文字說來又不完全切合，始終未能將「六書」替代下來。「六書」

明顯的局限性，增加了進一步總結漢字構形的必要性和迫切性。

漢字進入電腦後，作為在網絡上傳播信息的主要載體，它的本體「形」要靠「碼」來輸入輸出，它的屬性多了一個「碼」。兩岸產生簡化字與繁體字差異以來，簡化字採用同音替代的方法合併了一些字的記詞職能，致使簡繁字的對應關係出現了一對多的現象，漢字的本體「形」與其職用發生了不可分割的關係，在簡繁對應的領域裡，「用」也成為漢字的屬性之一。作為信息符號，漢字的五大屬性——形、音、義、用、碼，更加突出了「形」對其他屬性的主導作用。漢字構形學基礎理論創建的迫切性更為突出了。

三、漢字構形學的理論基礎

漢字構形學不是憑空設想出來的，它既是傳統文字學的繼承，又要吸取現代科學方法使其更適應於當代。因此，需要從兩個方面來說明它的理論基礎。

首先是吸取中國古代「小學」的傳統方法，「六書」雖然有不完善的地方，但從新的角度來看「六書」，它的合理

精神是值得吸取的。「六書」本來是漢代識字教學的教學法，秦代借助「六書」之學整理規範的小篆，許慎《說文解字》為其作出了相應的定義：前「四書」屬於漢字結構的分析模式，「依類象形」與「孳乳寖多」是他分析漢字的兩大條例。象形和指事屬於獨體象形，會意屬於合體會形與會意，仍在象形的範圍內，只有「形聲相益」，漢字的成字構件在組字時發揮了音和義兩種構字功能[1]，構字量占到 87% 左右[2]，才是「孳乳寖多」。但是在實際的字用裡，在漢字的使用職能和字際關係介入了分析的機制後，轉注和假借這兩個與前四書不同層面的分類概念加入了「六書」的行列。中國古代以「六」概括的概念集合裡，受《易經》八卦六爻的影響，分類不在同一層面上的情況不止「六書」一處，「六書」的後兩書與前四書分類不屬同一層次，只要正確理解，本屬正常。現代人對「六書」有五花八門的分析講解，其實都難以超出許慎《說文解字·敘》的論說和

1. 「成字構件」、「構件功能」等概念的定義，見本書第四、第五講。
2. 徐鉉在《說文解字》校定的《敘》裡一開始就作出了如下統計：「此十四篇，五百四十部，九千三百五十三文，重一千一百六十三，解說凡十三萬三千四百四十一字」，但今天出版的陳昌治校刊的單行本實際字數為 9431 字，在沒有確切證據恢復原本的 9353字之前，我們的統計仍以 9431 為底數。下同。

章太炎對此的詮釋[3.]。「六書」所以能統帥漢字構形分析千年以上，主要是它的「結構－功能」分析法適合表意文字形體結構的特點，傳統「六書」不應當拋棄，而應當為漢字構形學的總結提供一種合理的思路。

在哲學方法論上，系統論的提出，給漢字構形學的創建提供了更為科學的理論與方法。二十世紀初，奧地利生物學家貝塔朗菲 (Ludwig von Bertalanffy) 提出了一般系統論的基本思想。他給「系統」下的定義是：「處於一定的相互關係中並與環境發生關係的各組成部分　（要素）　的總體。」[4.] 在語言學領域，索緒爾 (Ferdinand de Saussure) 首先把系統論的思想用於共時的語言學，提出了結構主義的語言學方法。美國的結構語言學發展了描寫的語言分析方法[5.]，歐洲結構語言學形成了功能的和語符的分析方法[6.]。我們可以把結構語言學的主要思想歸納為以下幾個

3. 見章太炎《國故論衡·轉注假借說》與《文始·序例》。

4. 貝塔朗菲《關於一般系統論》(刊載於 1945 年《德國哲學周刊》)。

5. 愛德華·薩皮爾 (Edward Sapi)1921 年出版的《語言論》和倫納德·布盧姆菲爾德 (Leonard Bloomfield)1933 年出版的《語言論》為結構主義描寫語言學的奠基之作。

6. 以 N·特魯別茲克伊 (Trubetskoi, Nikolai Sergeevich) 和雅各布森 (Jakobson, Roman) 為代表的布拉格「功能」學派，以 L·葉姆斯

要點：元素，結構模式，層次關係。

系統論啟發我們，漢字作為一種信息載體，一種被社會創建又被社會共同使用的符號，在構形上被多種規律所制約，必然產生自組織現象，也就應當是以系統的形式存在的。在共時歷史層面上的漢字總體，應當有自己的構形元素，這些元素應當有自己的組合層次與組合模式，因而，漢字的個體字符既不是孤立的，也不是散亂的，而是互相關聯的、內部呈有序性的符號系統。個體字符的考據只有在整個系統中找到它應有的位置，才能被認為是可信的和合理的。

從自然科學中總結出的系統論思想，及西方結構主義語言學方法，在漢字問題上是需要驗證的，我們能否在漢字構形的事實中，描寫出這種系統，並經過實際的描寫，建構出分析漢字構形系統的可操作方法？

章太炎、黃侃繼承和發展了乾嘉之學[7.]，兩位先生把

列夫 (Louis Hjelmsler) 為代表的哥本哈根「語符」學派在結構主義語言學方法的完善和理論的發展上，起了重要作用。

7. 清代「小學」以乾嘉時代最盛，顧炎武、戴震開始的乾嘉學者，純熟地掌握了第一手材料，從漢唐的經學和「小學」中發掘和總結出大量的理論規律，為文字學、音韻學、訓詁學的理論化奠定了堅實的基礎。章太炎、黃侃繼承乾嘉之學，同時吸收了西方哲

《說文》學作為「小學」的根基，通過系聯的方法，深入發掘東漢許慎所著《說文解字》中的系統論思想。按照章黃的思路分析《說文》小篆，可以得出以下數據：

許慎是運用「六書」的前四書對小篆形體進行說解的，我們把前四書作為小篆構形的幾種模式，按照許慎的說解來拆分每一個字，拆分所得到的各級構件，累積起來達到 279561 個之多。合併拆分後相同的構件，可以得到 1937 個直接構件，其中 1923 個仍然在《說文》內，占 99.27%，只有 14 個超出《說文》所收字，僅涉及 89 個字符。如果我們把這 14 個構件作為例外處理，《說文解字》對其他小篆的解釋都是合乎字理的，「六書」的前四書正是《說文》小篆適合的構形模式。同時，小篆具有一批數量有限的基礎元素，將這些元素依層次對小篆的組構，實現了字際關係的有序性。這也充分說明了許慎在《說文解字》中體現了相當成熟的小篆構形系統。

《說文》小篆之所以能夠進行定量分析，是因為在許慎作《說文解字》的當時，這種文字體制就已經不再通行

學和古典語言學的理念方法，將乾嘉「小學」的成就發揚光大，提出了「中國語言文字學」的新概念，將文字學改造為語言文字學。

於社會，成為一種歷史的文字；而且，許慎在經過對字符的優選之後又以字書的形式把這種文字的數目固定了。於是，這種文字體制的結構內部已不再發生質與量的交換與轉化；也就是說，它已是一個封閉的系統。許慎傾半生之力從當時紛繁的實用漢字中來構建這個系統，沒有自覺的思想是不可能的。所以，姜亮夫先生指出：「漢字的一切規律，全部表現在小篆形體之中，這是自繪畫文字進而為甲金文以後的最後階段，它總結了漢字發展的全部趨向、全部規律，也體現了漢字結構的全部精神。」 [8.]

小篆構形系統成功的描寫，把「六書」和古代樸素的系統思想與現代系統論、方法論綜合到一起，成為我們構建漢字構形學的理論基礎。

四、漢字構形學的性質和任務

漢字構形學的基本方法是對共時平面上的漢字存在的形式加以描寫，所以，它屬於共時的描寫漢字學。處於共時層面上的漢字是雜亂無章的，還是以系統的形式存在的？僅僅描寫了《說文》小篆還不夠，需要對各個時代不

8. 姜亮夫《古文字學》(浙江人民出版社，1984 年版，59 頁)。

同形制的使用著的漢字加以整理，並將這些共時的構形系統描寫出來。

為了描寫漢字構形系統，漢字構形學的具體任務應當是：

1.認識漢字構形的種種現象的實質，為其設置術語。這裡舉例來說明發掘現象、分析現象、制訂術語的作法。例如，部件分析按照理據進行，我們稱作依理拆分；按照形體相離狀態進行，不考慮理據，我們稱作依形拆分：

①穎　②穎　③磨　④磨

上面①和③是按照字理來分析字符構件的，「穎」拆成「禾」＋「頃」，「磨」拆成「麻」＋「石」，拆分出的構件一般應是成字的；②和④是按照字形相離的情況來分析構件，「穎」拆成「枭」＋「頁」，「磨」拆成「广」＋「替」。依形拆分會出現不成字也不合理的過渡部件，這種由於不合理拆分形成的無法解釋的構件，稱作超系統形體 [9.]。

文字構形現象必須對構形系統的描寫有意義，我們才給予關注；而制訂術語是因為這種現象會重複出現，需要稱說；還因為術語系是構建理論體系的重要條件。

---

9. 關於超系統形體，及產生這種現象的無理拆分，見本書第四講。

2.提出整理漢字的可操作方法，特別是由大量異寫字與異構字中優選出代表字作為信息代碼的原則和方法。漢字從大約六千年前發展至今，已經積累了大量的字符，這些字符未經規整，不同的人隨意使用，同一時代層面已經有了大量的冗餘字形。近代詞典字書發展起來後，貯存領域把很多古文字字形轉寫隸定為楷書纂集備查，致使楷書字形更為紛繁。現代國際多8位編碼字符集，從基本集到擴充 A–E 集，已經收漢字八萬以上，但是不論在哪個時代，書寫何種體裁的文本，真正常用的漢字最多不過六千個。不論從應用還是從教育出發，這些字形必須經過整理。漢字構形學要為字形整理提供合理的操作程序和必要的原則，使漢字認讀更準確，使用更便捷。

3.提出用共時平面上的同一形制的漢字為字料，描寫漢字構形系統的方法。前面說過，《說文》小篆作為經過許慎整理優選封閉的系統，體現了小篆構形的系統性，給構形系統的描寫提供了有價值的經驗。但是，不同時代、不同字體、不同形制的漢字的構形是否都是成系統的，在理論上我們認為是如此，但如何經過描寫使各類構形系統得以證明並顯示出來，還要經過實踐後，總結出合理而可行的方法。

4.在樹立系統的觀念後，提出對個體字符的分析、考證及字際關係的認同方法。漢字的考證需要充分的證據，證據不是材料的堆砌，在考證中，各種關係的確立是十分重要的。漢字之間共時和歷時關係的認同別異需要在系統中進行，漢字構形學需要為此提出一些基本的原則。

五、漢字構形學的應用價值

漢字構形學有著十分廣泛的應用價值：

1.它是探討漢字史的必要前提。漢字史不是個體字符演變情況的簡單相加，僅僅探討漢字個體字符的形體變化不能稱作漢字史 。 只有在弄清個體字符形體變化的基礎上，考察出漢字構形系統的總體演變規律，並且對這種演變的內在的和外在的原因作出符合歷史的解釋，才能稱為漢字史。漢字構形學既然為各個歷史層面漢字構形系統的描寫和歷時漢字構形系統的比較提供了合乎漢字實際的可操作方法，它自然是使漢字史進一步科學化的前提。例如，我們用系統的漢字分析方法分別對甲骨文已釋字、《說文》小篆全部和秦簡文字抽樣進行構件分析後，可以得到以下數據：

文字類型	所取總數	基礎構件數	基礎構件平均構字數
甲骨文已釋字 [10.]	1380	412	3.3
秦簡抽樣 [11.]	1773	361	4.9
《說文》小篆 [12.]	10422	414	25.05

　　衡量體系是否嚴密的條件之一是看基礎元素是否集中，基礎元素越集中，元素集的構字能量越高。上述數據驗證了漢字發展史上的兩個普遍規律：首先，漢字經過長期使用中的自然規整，構形的嚴密程度，是逐步提高的；其次，社會通行的漢字如不加以整理，很難直接看出漢字構形的系統性，只有經過整理，構形的系統性才能全面顯現。

　　2.漢字的整理、彙集和規範，都需要符合漢字構形的規律。歷史上整理、彙集和規範漢字的經驗也都需要上升為理論，更加理性化。漢字構形學應當能應用到漢字的整理、彙集和規範工作中，使其更有理可尋。例如，國家語委 2010 年發布的《GB13000.1 字符集信息處理用漢字部件

---

10. 甲骨文數據取自鄭振峰《殷商甲骨文構形系統研究》（上海教育出版社，2007 年版）。

11. 秦簡數據取自北京師範大學溫英明博士論文 《睡虎地秦簡字形研究》。

12. 《說文》小篆數據取自齊元濤論文，詳見本書第九講。

規範》及《基礎教學用常用漢字部件規範》都需要定出構件拆分原則，在制定拆分原則時，必須解決以下三個方面的理論問題，又必須同時對相應的三種情況定出操作性的條例：

(1)現代漢字的構件組合，就絕大多數情況而言，究竟有沒有理據？如果遇到沒有理據或理據不明的個別情況，應當如何處理？

(2)現代漢字的構件組合過程，就大多數情況而言，究竟有沒有客觀的規律？如果遇到不符合規律的個別情況，應當如何處理？

(3)現代漢字及其構形的要素——構件，究竟是不是互有聯繫的系統？如果是，如何經過整理，使這個系統顯現出來？這些問題需要利用漢字構形學提出的原理加以解決。最後定出既從現代漢字實際出發，又尊重歷史與傳統的總原則，把形與源（音義）放到兩個層次中去處理，使諸多矛盾化解在不同層次、不同維度的擺布之中，達到構件系統優化。[13.]

3.古今文字的考據，凡是可以稱為「確證的考」的，都是遵循漢字構形規律的結果，考據家的證據來自他們掌

---

13. 關於構件拆分的原則，詳見本書第四、第十講。

握和尋求的第一手材料，而他們的思路，也就是考據的邏輯，則來自他們對漢字系統和演變規律的把握，漢字構形學應當從成功的傳世文獻字形考據和古文字考據的思路中總結出規律來豐富自己的理論。只有這樣的理論，才能幫助初學者從看懂別人的考據，到學會自己考據，使自己學習文字考據時少走彎路。

4.給漢字的基礎教育提供參考。中小學教師對漢字的講解又必須是科學的、符合漢字構形規律的，而不是憑主觀臆斷隨意聯想。因為漢字是一個符號系統，隨意拆分、胡亂講解，不但違反漢字的實際，還會擾亂它的系統，使它更加難記難學。在同一個漢字構形系統中，字與字之間有著錯綜複雜的關係，講錯了一個，就會弄亂一片。構件拆分也有如何拆分和如何歸納更合理的問題。這些問題，只有對漢字構形規律有所瞭解 ，對漢字進行了科學分析後，才能作出正確的解答。所以，漢字構形學應當為基礎教學中的漢字教育提供簡明而通俗的科學理論原則。

第二講
漢字的性質

　　討論漢字構形問題，首先要明確漢字的性質，因為，不同性質的文字，構形的依據是不同的，維繫字與字關係的紐帶也不同，分析它們個體構形與構形系統的方法也會完全不同。不明確漢字的性質，就無法討論漢字的構形問題。討論文字的性質要依據下面三個原則：第一，文字是記錄語言的，文字構形一定要與語言有一定的聯繫，才能起到語言載體的作用。所以，文字的性質首先取決於這種文字的形體與語言如何聯繫。第二，文字有自己的演變歷史，有些文字——比如漢字——還有相當長時期的發展歷史，討論文字的性質要看這種文字歷史發展的全過程。也就是要看這種文字在發展過程中性質是否發生了改變。考察漢字的性質，應當考察從甲骨文開始，歷經兩周金文、秦代小篆，直至隸變、楷化，從古至今性質是否發生了根本變化，是否有變化的趨勢。第三，文字不是孤立的字符，它的總體是成系統的，是按一定的區別原則和組構手段結合而成的體系。討論文字的性質要看整體系統，而不應拘泥於一字一符或某一類字符。

一、從世界文字分類看漢字的性質

世界上的文字只能有兩種體系。費爾迪南・德・索緒爾 (Ferdinand de Saussure) 說世界上「只有兩種文字體系：⑴表意體系。一個詞只用一個符號表示，而這個符號不取決於詞賴以構成的聲音。這個符號和整個詞發生關係，因此也就間接地和它所表達的觀念發生關係。這種體系典範例子就是漢字。⑵通常所說的『表音』體系。它的目的是要把詞中一連串連續的聲音模寫出來。表音文字有時是音節的，有時是字母的，即以言語中不能再縮減的要素為基礎。」[1] 我們在這裡引用索緒爾的說法，是因為在根本原則上，他和我們的想法一致：他把世界上的文字體系分為兩個大類，是從文字記錄語言的本質出發的。口頭語言有兩個要素——音和義，記錄語言的文字，只能從中選擇一

---

1. 《普通語言學教程》（費爾迪南・德・索緒爾著，高名凱譯，商務印書館，1985 年版，50–51 頁）其中「有時是字母的」一句，引自高譯原文，應作「有時是由字母表示的音素的」理解。「而這個符號不取決於詞賴以構成的聲音」一句，高名凱原譯為「卻與詞賴以構成的聲音無關」，伍鐵平根據法語原文校正。本處引用根據伍校改正。

個要素來作為構形的依據；所以，文字形體直接顯示的信息只能或是語義，或是語音。世界文字體系的兩分法，也正是按照文字構形的依據來確定的。

根據這個原則，漢字屬於表意文字體系。漢字構形的最大特點是它要根據漢語中與之相應的某一個詞的意義來構形，因此，漢字的形體總是攜帶著可供分析的意義信息。從歷代漢字的構形系統考察，各共時平面上的漢字的整體系統，都是按表意原則維繫的。拿漢字和英文比較，可以清楚看出二者構形依據的不同。例如，英語 book 直接拼出了意義為「書」的這個詞的聲音而成為這個詞的載體。漢語「冊」則用皮韋穿竹簡的形態表達了它所記錄的書冊一詞的意義而成為這個詞的載體。

需要說明的是，就兩種文字記錄語言的職能而言，它們既是語言的載體，音與義又是密不可分的語言的兩大要素，當然同時記錄了語言的音與義。表音文字絕非只記錄音而與義無關，表意文字也不是只記錄義而與聲音無關。在記錄語言的詞的職能上，表意文字和表音文字並無區別。表音文字和表意文字一樣，它的符號都是和整個詞發生關係，只是它們連接詞的紐帶有的是語音，有的是意義而已。為了不把文字記錄語言的職能和它構形的依據混

淆，更準確的稱謂應當說，英文是拼音文字，漢字是構意文字。

有些理論認為，世界文字發展要經歷表形（象形）、表意、表音三個階段，從這個理論出發，它們認為表意文字處於文字發展的第二階段，因此必然要繼續發展為拼音文字。「三階段論」並非完全沒有道理，這一說法符合二十世紀以後新造文字的規律。中國境內很多少數民族的文字，例如壯字、白族文字等，開始都直接利用漢字的音或義來記錄自己的語言，後來有了較獨立的民族意識後，則以漢字為基礎，音義兼採，構建一套有系統的獨特文字；但是在實際運用中，這套文字難以普遍推行，最可行的方法還是採用拼音來直接記錄民族語言。這種拼音文字和已有的意音字也可以並存，在不同的場合使用。這是在現代文明環境的高科技時代，處於某些強勢語言文字的影響下人為造字的普遍規律。這一規律的形成，還出於多民族社會和諧發展的需要。意音文字民族性更強，表音文字易學易讀，更容易在國際上通行。兩種文字並存，既保護了各民族的文化，可以使各民族完整地記錄自己的歷史，存留自己言語類的文化遺產；又可以便利於雙語教學，對普及教育和民族和諧共處，都有很大的好處。但是，三階段論對文字

的優劣評價是不可取的——表形、表意、意音、拼音都不過是造字的類型，並無優劣之分。從構意文字、意音文字到拼音文字，也不是文字自然發展的趨勢，只是人為造字的一種選擇。三階段論也不符合世界上歷史較長的自源文字自然發展的事實。世界文字大都起源於圖畫文字，但是並不一定都經歷三個階段。文字的前身是圖畫和刻符，也就是中國古代哲學所總結的「象」和「數」。有了第一批基礎字符以後，表音和表意是圖畫—刻符文字發展的兩大趨勢。世界上許多古老的文字，例如非洲的古埃及文字、西亞的美索不達米亞的楔形文字等，都經歷過由圖畫文字向表意文字發展的過程，但是，這些表意文字很快就失去了使用價值，變得不可釋讀了，這些文字雖然經歷了三個階段，但是就發展趨勢而言，表意只是短期的過渡，向表音發展是其趨勢。漢字也起源於圖畫文字，而延續圖畫象形文字的發展趨勢是表意，在數千年的歷史發展中，漢字頑強地維護著自己的表意文字特點，一方面又不斷地為了適應被它記錄的漢語而進行了內部調整，成為世界上最古老的、具有嚴密系統的表意文字。像漢字一樣的表意文字還有不少，它們雖然沒有漢字這麼長的發展歷史，但也絕不是「三階段論」所能概括的。我們主張「世界文字發展兩

種趨勢論」，不同意「三階段論」的觀點。

二、從漢字的歷史發展看漢字的性質

漢字經歷了六千年左右的發展，有三千六百年的「有典有冊」時期。在漫長歲月的不間斷發展變化中，是否一直屬於表意文字，是否有向表音體系發展的趨勢，這是我們在討論漢字性質時需要特別注意的。

事實是，漢字在表意與表音的相互促進中，一直頑強地堅持自己的表意特點，不斷地採用新的方式，增強個體符形和整個符號系統的表意功能。

這主要表現在三個方面：

1.當意義發生變化或符形筆勢化以後，漢字常要改造自己的符形和對字義的解釋，以創造形義統一的新局面。例如，當漢字所記錄的詞所指的事物發生變化後，漢字總是及時調整它的義符，使之適應事物的特點。「砲」本從「石」，火藥發明後，形體演變為从「火」的「炮」。再如，有些義符成批地更新，表示新的理念。比較下面三組文字：

封　　　爵　　　專　　　寺　　　射

第一組為金文，多為合體象形字，都从「又」（表示手）。
「封」用手栽樹，表示封植樹木；「爵」用手持盞，像杯爵
形；「專」用手在下轉動紡錘，像捻線狀；「寺」、「射」都
與手有關，均从手。秦代規範小篆，因「封」有「分封」
義，「爵」有「爵位」義，「專」有「一統」義，「寺」為司
法之廷，「射」為考試科目之一──這些字都與法度有關，
除「爵」外，全部發展从「寸」。第三組是楷書，不但承襲
了小篆从「寸」的構意，「爵」也類化而从「寸」了。當原
初構形的意圖因符形演變而淡化，漢字便採取添加義符的
方式來增強其表意功能。象形字加義符的如「紋」、「韮」，
會意或形聲字已經有了相關的義符再度累加的如「捋」、
「援」、「歌」等。這些都說明，漢字總要最大限度地在符
形上增加意義信息，來堅持自己的表意特點。

　　2. 由於書面語與口語可以適時互相轉化（口語被記
錄，則轉化為書面語；書面語被讀出或唱誦，則轉化為口
語），在此過程中，語音信息一時之間會變得異常強烈，加

之早期字符不多，使用時有借用，有些抽象意義的詞因義構形又比較困難，因此漢字在各個時期都有一批同音借用字，即不再為某些詞構形而借用同音字為符號。例如：「戚」的本義是「斧子」而借作「悲戚」字，「舍」的本義是「房舍」，而借作「捨棄」字等等。但是，表意的漢字群體對這些脫離意義的音化符號有「排異」現象，為時不久，它們便加上了相關的義符，分別寫作「慼」、「捨」等，再度義化。正因為如此，漢字中的假借字向形聲字轉化，成為一種規律。形聲字是以義符為綱，並利用聲符作為別詞手段的。

　　3.漢字職能的發揮，是兩個不可缺少的環節合成的，這就是書寫和辨認。就書寫而言，人們終是希望符號簡單易寫；而就認識而言，人們又希望符號豐滿易識。然而越簡化，就越易丟掉信息，給識別帶來困難；追求信息量大、區別度大，又難免增加符形的繁度，給記錄增加負擔。二者的要求是矛盾的。漢字就在這易寫與易識的矛盾中，不斷對個體符形進行調整，以實現簡繁適度的優化造型。調節字形的槓桿是漢字的表意性質。漢字總是不斷減少構件與筆畫，來減少書寫的困難和減輕記憶的負荷，但是，這種簡化一般是在不影響表意與別詞的前提下進行的。漢字

在第一次規範的時候作過一次有意識的省減，這就是從大篆到小篆的省減，這次省減主要是省去多餘的部件。例如：

　　大篆很多從 艸 的字，小篆都改從 屮

　　大篆「集」作 ，小篆作

　　大篆「流」作 ，小篆作

　　大篆「涉」作 ，小篆作

　　這是一次人為的自覺簡化。之後，從古文字到今文字的隸變，是一次自發的簡化，簡化的力度很大。但是，漢代碑刻的隸書文字經過歸納整理後，表意性尚存的占 91% 左右，馬王堆出土帛書傳抄上古典籍的隸書文字，保留表意性的占 89% 以上。現代漢字形聲字已達 90% 以上，義符的表義能度也較好地保留下來。這些都表明，在歷史上，漢字不論怎麼簡化，都不會把應有的意義信息全部捨棄，決定簡化程度的下限，一般是漢字表意特性的保留。只舉一組字說明這種現象，例如「春」：

甲骨文	金文	《說文》小篆	楷書異體之一	楷書異體之二	楷書異體之三	楷書正體

　　甲骨文的「春」用三個「草木」表示植物茂盛，又用「屯」（《說文》：「象草木之初生屯然而難。」）象徵草木初生，加上「日」表示陽光充足，把春天的季候特徵表現得

一覽無餘。金文減少了草木的個數，保留了其他的信息，小篆從金文 。楷書的三個異體分別保留了不同的意義信息，正體字高度簡化，上部粘合，完全失去理據，但下部仍然保留陽光的信息。

在這裡，我們看不到漢字向表音發展的趨勢，只看到漢字頑強堅持表意性的事實。

三、從漢字構形系統看漢字的性質

漢字是否是表意文字，我們需要考察不同類型的漢字符號是否都能列入表意的體系中。其中特別需要論證的，是帶有示音構件的形聲字是否仍然可以在表意系統中找到自己的位置。

早期形聲字主要有三個來源：

1.強化形聲字

象形字構成以後，由於識別的需要，為它增加聲音或意義信息，形成強化形聲字。

① 品　② 素　③ 薑　④ 呀　⑤ 咿

上述五組漢字，有的增加聲音信息，如①「星」，兩個

都是甲骨文，畫三個星星屬於完全象形，加上聲符「生」
強化了它與詞的聲音聯繫，原來的象形字轉化為形符；②
「鳳」，第一個是金文，畫鳳凰的形象，可見其明顯的鳳冠
和鳳尾，第二個是甲骨文，加上聲符「凡」強化了它與詞
的聲音聯繫，原來的象形字轉化為形符；③「雞」，兩個都
是甲骨文，第一個畫雞的形象，第二個加上聲符「奚」，強
化了它與詞的聲音聯繫，原來的象形字轉化為形符。這種
用聲音來強化象形字的方式，由於增加的不是意義信息，
與漢字的表意特性不符，很快就沒有能產量，不再用來構
字了。

　　另一種強化形聲字，是象形字的象物性淡化以後，加
表義構件強化它的意義類別從而使原字轉化為聲符的形聲
字。如上面五組漢字中的④「蜀」，第一個是甲骨文，畫蠶
的形象，第二個是金文，加「虫」，表示蠶為蟲類，強化了
它與詞的意義聯繫，原來的象形字轉化為聲符；⑤「祭」，
兩個都是甲骨文，第一個畫用手殺生的祭祀景況，後來加
「示」，表示意義屬於祭祀類，強化了它與詞的意義關係，
原來的象形字轉化為聲符。後一種增加意義信息的強化形
聲字，後來有較多的發展。王筠在《說文釋例》中所說的
「累增字」，都屬於這種類型。

2.分化形聲字

分三種情況：

⑴借義分化

借義分化也就是前面所說的，假借字與本字共享一字，加表義構件將它們分化。例如：

「房舍」與「舍棄」因假借共享一字，加「才」作「捨」，表示「捨棄」。

「親戚」和「悲戚」因假借共享一字，加「心」作「慼」表示「悲慼」等。

⑵廣義分化

早期一個字表示的意義比較寬泛，後來為了區別，分別加表義構件或另改表義構件分化為意義指向更具體的字。例如：

「介」──加表義構件分化為「界」、「紒」等字。

「和」──改表義構件分化為「盉」、「龢」等字。

⑶引義分化

當字所記錄的詞引申出新的意義時，加或改表義構件分化出新字。例如：

「止」由「腳」的意思引申出「停止」義，「腳」義改寫為「趾」，再引申為「地點」義，分化出「址」。

　　「窄」由「狹迫」義引申出「壓迫」義，分化出「榨」。

　　「化」由「變化」義引申出「差錯」義，分化出「訛」。

3.類化形聲字

　　形聲字的格局形成後，有些本來不是形聲字的字，受同類字的影響也加上了義符。以「示」部形聲字為例：

從上面不完全的舉例可以看出，「示」部形聲字在金文時代已經形成。大部分上面舉出的金文中諸如「福」、「祖」等字，均有從「示」與不從「示」的兩組，而「祈」、「禮」、「祥」等字在金文形制中本沒有「示」旁。它們都是因為其他與祭祀相關的形聲字類化而加義符「示」。

　　從早期形聲字的來源看，它們不但不是表音性的產物，而且明顯是漢字頑強堅持表意性的結果。用加聲符來強化象形字的方法所以很快就不再使用，正是因為這種做法與表意文字的性質不相適應。而其他幾類形聲字，所增加的都是意義信息，聲符是因為加義符被動轉化而成的。

所以，形聲字是以義符為綱的。

當形聲字的聲義結合的格局形成後，也有一些字是由一個義符和一個聲符合成的，這種形聲字也是以義符為綱，以聲符作為區別手段的。

正因為漢字的聲符不需要準確標音，沒有引讀作用，所以，漢字才能超時代、超方言。也是因為漢字的表音機制很不完備，推行注音字母與漢語拼音方案才是十分重要的。如前所述，漢字的形聲字雖然有很大比例，但形聲字的聲符本來就是用近似的聲音來起別詞作用的，經過數千年的歷史演變，聲符對形聲字的直接標音作用更加弱化。作為表意文字的漢字，必須有一套科學的記音符號來協助標音，推行注音字母和漢語拼音方案，是彌補表意漢字與口語的音聯繫不足的一個不可缺少的措施。

漢字的表意性質確定了，我們便可以知道，漢字構形的分析、漢字構形系統的描寫，都是要考慮到意義因素的，是要把形義統一起來的，所以，它只能使用適合漢語與漢字的方法，西方語言學的方法和原則，它可以參考，但難以完全照搬。

第三講
構形與構意

　　根據考察和推論，漢字正式起源大約在六千年以前。漢字的存在切切實實被證實，從殷商的甲骨文算起，距今也有三千六百年左右。幾十個世紀以來，漢字的具體構形方式發生了很多變化，在不同的歷史時期，即使是一個字的形體，也都有或多或少的差異。但是，從總體看，漢字並沒發生性質的變化，它的基本構形特點一直是保持著的。漢字構形的最大特點是它要根據所表達的意義來構形，因此，漢字的形體總是攜帶著可供分析的意義信息，這就決定了分析漢字構形的兩個不可缺少的方面——構形與構意。

一、漢字的構意及其發展

　　漢字形體中可分析的意義信息，來自原初造字時造字者的一種主觀造字意圖。

　　例如：「初」字構形中體現的意義是「用刀裁衣」，剪裁是製衣的開始，這個形象用以表現「開端」、「開始」的

詞義。

構形中所體現的意義一旦為使用的群體所公認，因社會約定而與字形較穩定地結合在一起，便成為一種可分析的客體，我們稱作構意，也稱造意。構意是文字學的概念，它是漢字表意性質的體現。

構意越是早期就越直接、越具體。早期的甲骨文和金文的很多字符是靠著直繪物象來構形的，例如：

例A：甲骨文的「天」字，直繪正面人形，突出人的頭部，表示頭頂。例B：甲骨文的「目」字，畫一隻眼睛。例C：甲骨文的「木」字，畫一棵樹，上像枝椏，下像根。例D：甲骨文的「福」字，畫一個豐滿的糧倉，表示有福。例E：甲骨文的「春」字，畫太陽、多個草木和剛出土的芽（屯），表示生長的季節春天。例F：甲骨文的「牢」字，畫一隻牛關在牛圈裡，表示豢養牛的地方。例G：甲骨文的「旦」字，畫太陽初升時下面帶著光暈，表示天亮。例H：甲骨文的「水」字，畫水在江河裡流淌的波紋。例I：甲骨文的「降」字，畫兩隻向下行走的腳，往山下行走，

表示下行。例 J：甲骨文的「網」字，畫網的紋路表示捕魚的網。可以看出，在上面漢字的構形裡，不但單個的形體是直觀物象的描寫，就是形體組合，也是反映事物之間的直觀關係的。這些字的構意是在直繪物象中顯示出來的。

金文中也有不少直繪物象的字：例 A–E 都是「車」字，直繪古代馬車的形象；例 F–J 都是「盥」字，畫盆中洗手的形象。從這兩組字中可以看出，同一個字的字形還不是很固定。繁簡不同，但構意都是相同的，只是表達的細緻程度不同。這是早期圖形性強的文字常有的特點。

漢字發展到小篆，經過西周末年和秦代兩次人為的規範、統一，字的構形漸漸確定，構意也漸漸有了系統化的傾向。在《說文》小篆裡，合體象形字的構件多半已經成字而有了音和義，它們有些還保持著古漢字的圖形性結構，也就是構件的組合與生活實際一致，例如：

草長在田地上，構形時草在田上；

樹木長在苑囿中，是古代豢養牲畜的地方 [1]；

水由器皿中流溢出來，構形時水紋橫著在皿上；

用斧子從旁斫木，斤在木旁；

兩手在兩邊握杵，向石臼春米，石臼在下；

牛被拴在牢圈裡，牛在宀下擋在圈裡。

這些字雖然還保留著與生活一致的物象關係，與甲骨文、金文的合體象形字不同的是，它們的每一個構件都已經成字，都有了自己的音和義，我們可以用意義來解釋它們的構意，不必過多考慮形體之間的關係。多數的小篆合體字沒有按照實際生活的關係來結構形體，可以考慮字形的整齊、美觀來安置構件，構意也很清楚。

比較下面甲骨文、金文與小篆的同一個字：

甲骨文的「解」，角長在牛頭上，兩手在角的兩邊，還畫了血點，像以手將角解下之狀。金文保持了與甲骨文同樣的關係，或以「刀」代「手」，構意仍

---

1. 是《說文》籀文，屬於重文，形體被《說文》選入，故與小篆一同分析。

是解牛之狀。而小篆雖然保留了「角」、「牛」、「刀」這三個構件，卻完全不按生活實際情況來放置這三個部件的位置，但是由於這三個部件都已經有了意義，會三字之意而有解牛的構意，同樣是明白的。

🔥—🔥—🔥　甲骨文、金文的「降」畫兩隻向下的腳往山下行走，情狀有如下降，小篆雖保留了與甲骨文、金文同樣的構件，但已經將縱向放置的山做成「阜」，兩隻向下的腳組合成「夅」，再以「阜」表示高山類與「夅」的聲音 jiàng 結合，構意發生了重大變化。

🔥　🔥—🔥—🔥　甲骨文的「祝」信息最豐富，畫人伸出雙手張口向神位祈禱，還有祈禱時撒下的酒。金文大致沿襲甲骨文，仍可見祈禱的情狀，小篆人、口在示旁，已經不是物象的組合。

🔥　🔥—🔥　金文尚可見酒水裝在酒罈子裡的狀況，到了小篆，表示酒水的「水」已經成為偏旁，不放在表示酒罈的「酉」裡了。

以上兩種組合方式，前者叫形合，它們是物象組合的遺存；後者叫義合，它們只靠字符意義的累積或連綴來構意。但它們的字形都是可以分析的。

小篆的象形造字大多已經是獨體字了。下列小篆多是

動物、器皿、人體部位等名稱，仍可見形而知其構意。

例A	例B	例C	例D	例E	例F	例G	例H	例I	例J

上述甲骨文、金文和小篆的構形，用直線和曲線配合繪形，具有「隨體詰詘」的條件。漢字發展到隸書、楷書階段，筆畫代替了線條，曲線減到最少（楷書只有撇捺略有曲度），同時為了書寫的快速，逐漸簡化，早期古文字的象物性淡化，漢字不再用直觀的物象來形成構意。但是，因為一批具有意義的基礎元素已經形成，它們可以直接把意義信息帶到字形裡形成構意。例如：

「日」已不像太陽，但它在構字時仍然把「太陽」和與它有關的信息諸如「時間」、「明亮」等帶入字形：

「晶」、「明」、「星」……中的「日」有「亮」的意義；

「晚」、「昏」、「昧」、「時」、「晨」……中的「日」有「時」的意義；

「旦」、「莫」、「杲」、「杳」……中的「日」仍具「太陽」的意義。

這種構件象物性淡化，成為具有意義的字而參加構字體現構意，稱為構件義化。構件義化也就同時有了聲音，不但使形合字逐漸變為義合字，而且為最常見的漢字半義

半聲的構形方式創造了有利的條件。拿果木來說：

　　「桃」、「柚」、「梅」、「棠」、「梨」，都用「木」來表示它們是木本結果的植物。而「兆」、「由」、「每」、「尚」、「利」則用近似的聲音來對這些果木名稱加以區別。漢字的聲符作用不是為了直讀，不必和所構的字讀音完全一致，它們是一種區別手段，通過這些聲符，可以在許多同類詞裡，區別出這個字是指稱哪個詞的。「桃」和「兆」並不同音，但人們可以由於「兆」與「桃」聲音的近似而確定它不是棠、梨、柚、梅而是桃。

　　從以上分析可以看出，漢字表意性質的主要依據，就是它的因義而構形的特點。因為漢字是因義而構形的，所以，說明一個漢字的形體必須包括構形和構意這兩個部分。構形指採用哪些構件、數目多少、拼合的方式、放置的位置等。而構意則指這種構形體現了何種造字意圖，帶來了哪些意義信息，又採用了何種手段來與相似字和同類字相區別。

二、構意與本義

　　有些書上把由字形分析出的意義稱作「本義」，其實，

前人所說的本義包含了兩個概念：一個是我們這裡所說的構意（造意），這屬於文字學的概念，是結合語言意義分析字形構造意圖的；另一個我們稱作實義，是從文字構形意圖推導出詞或詞素的某一個義項，設置這個概念是用來區別引申義和假借義的，所以是文獻詞義學的概念。我們一般把後一個概念稱作本義，前一個文字學的概念稱作構意。早在漢代的《說文解字》裡，「構意」這個概念就已經使用了。《說文解字》把用同一個構件體現同一個意圖稱作「同意」，使用「意」而不使用「義」來稱說，這種「同意」的條例共有 31 處，例如：

　　䨄 善，吉也。从誩，从羊。此與義美同意。

　　美 美，甘也。从羊，从大。羊在六畜主給膳也，美與善同意。

　　爾 爾，麗爾，猶靡麗也。从冂，从㸚，其孔㸚，尒聲，此與爽同意。

　　工 工，巧飾也。象人有規榘也。與巫同意。

　　巫 巫，祝也。女能事無形以舞降神者也。象人兩褏舞形。與工同意。

　　奔 奔，走也。从夭，賁省聲。與走同意，俱从夭。

　　《說文解字》裡所說的「同意」，不是認為兩個字所表

示的詞義相同，而是說這兩個字採用某一個構件的造字意圖是一樣的：「善」和「義」、「美」都从「羊」，是因為羊「主給膳」，是一種美味食品，所以表示美好意義的字都用它來做構件，是為「同意」。「爾」和「爽」都以四個「乂」做構件，表示光線射入而明亮的構字意圖。「工」以有規矩的人形表示技巧熟練，「巫」是可以通神的人，也需要規矩，所以从「工」以體現造字意圖。「走」與「奔」上面都从「夭」，其實是一個甩開臂膀奔走的人形，故二者同意。「意」是造意，「義」是詞義，二者的區分正是對文字學的構意和訓詁學的本義的一種區分。

要想從構意映射出語言的實義，必須驗證於古代文獻，從語言環境中找出字所記錄的詞的語義。例如：

麗爾，《說文》：「麗爾，猶靡麗也。」段玉裁注：「麗爾，古語；靡麗，漢人語。」明代《駢雅・釋詁》：「麗爾，華縟也。」

靡麗，《韓詩外傳》卷七：「綾紈綺縠靡麗於堂」。《史記・司馬相如列傳》：「恐後世靡麗，遂往而不反，非所以為繼嗣創業垂統也。」《漢書・匡衡傳》：「宜遂減宮室之度，省靡麗之飾。」

爽，《說文》：「爽，明也。」段玉裁注：「其孔燚燚，

明之露者盛也。」《尚書·牧誓》：「時甲子昧爽。」《尚書·太甲》：「先王昧爽丕顯，坐以待旦。」注：「爽、顯皆明也。」

　　造意與實義的關係，由上可見。先秦典籍中不見「麗爾」之用，所以段玉裁以為是古語──也就是比商周更早的詞語。「靡麗」多見於漢代前後的典籍，在語言環境中，意義可概括為「繁縟浮華」，與「麗爾」的「華縟」義相同，而「爽」義為「明亮」，與「麗爾」、「靡麗」語義並不相同。只是從「焱」之意表示十分明亮，與「爾」從「焱」之意表示非常華麗，構字的意圖是一樣的。所以，構意的來源是語義，而構意只是造字的意圖，是語義的具象化、可視化。當我們用構意去解釋語義時，語義是構意映射出來的，不能以構意代替語義，還需要用古代文獻的實際語言來證明。至於如何用古代文獻的語言來說明本義，屬於訓詁學「以形索義」的問題，可見文字學與訓詁學是相互依存的。

　　通過構意的分析，我們還可以看出漢字構形的另一個特點及其形成的原因：早期漢字大多是採用形合的方式組成的，這種組合需要採用上下左右的相對位置來反映事物的關係。且看前面提到的「盥」字。為了描寫出人在器皿

中洗手，在組字時，器皿一定放在下面，被洗的手或放在器皿中，或放在器皿邊上，這樣組合，完全體現了事物的本來情境。這樣組構的字，一定是一個兩維的平面，而不能是線性的。所以，在古文字時代，方塊漢字的格局就已經形成了，當漢字發展到義合組字和義音組字後，由於整體構形已經經過了一番規整，當然也就要保持上下、左右的兩維方形。因此可以說，方塊漢字正是漢字的構意必然帶來的特點。

三、構意的筆勢化

從漢字發展的歷史事實看，完整的構意並不是在漢字的原初構形時就普遍存在的，甲骨文是現在可以看到的最早漢字，但甲骨文的字形並不都具有可解釋性，也有少數只是抽象的可區別符號，要與後代文字對應後才能識別。在早期的古文字中，有一部分漢字難以解釋，我們稱作構意不明，而不認為它們沒有構意。

漢字以秦代統一文字前後通行的古隸（秦隸）和整理規範過的小篆為過渡帶，分為古文字和今文字兩大階段。從隸變開始，漢字的構意大部分保留了下來，也有少部分

發生了較大的變化，這種變化的緣由是因為筆畫的形成。隸書和楷書的筆畫是有起有落、以平直為主的書寫單位，除了撇捺略有曲度以外，屈曲的線條已經沒有了；又由於使用頻繁而書寫加快造成形體的簡化；加之構件義化，象形性無法保存，因此造成古文字構意的淡化、消滅以至喪失。這種因字體變遷由書寫帶來的象物性消失現象，稱作筆勢化。可分三種情況：

1. 理據重構

漢字在歷時演進中，形體因書寫而變異不能與意義統一時，在使用者表意意識的驅使下，會重新尋求構意去與它的新形切合，或附會它的意義去重新設計它的構形，這屬於歷時的理據重構。例如：

「射」金文作 ，像一隻手持弓箭，是合體象形字，小篆作 ，弓形變成「身」，箭形變成了義化構件「矢」，合起來表示以身體射箭的意思 。 又作 ，把表示手的「又」變成了「寸」，在小篆裡，凡是具有法度意義的行為，字從「又」的都變「寸」，射箭與禮儀規範有關，所以「又」變「寸」。

有些早期的「本無其字，依聲托事」的假借字，本來形義不統一，不具有構意，在演變的過程中，反而由於形

體變異而有了構意。例如：

在甲骨文時代，「東」是借與之聲音相同、義為「口袋」的「東」（橐）字來表示的，小篆經過變異，重構了从「日」在「木」中的「東」字，這個重構的理據經過一個時期的流傳，為大家所接受，在系統中固定下來。

這些重構的理據依附於演變了的形體，形義仍然是統一的，但與原初的形與義已經不同，從字源的推求出發，有人把這種現象稱作「譌變」。在漢字構形學裡，我們不把理據重構現象稱作「譌變」。我們認為：「譌」意為「錯誤」，只有不合理的變異才可以稱作「譌變」，應當承認，漢字的構形與構意都處在演變之中，用原始狀態來衡量後代的構形與構意是一種缺乏發展眼光的認識。理據重構屬於漢字正常的演變，演變後的構形與構意屬於另一個共時層面，存於另一個構形系統之中，應當把它放到新的構形系統中來衡量，不能因為它與此前的構形不同而認為是錯訛。

同一歷史時期同一形制下，也會形成理據重構現象。由於人們對字理有其他理解，會對一部分異寫字賦予新的理據而將其保留，成為新的異構字。固守「正字」的學者會把一些書寫變異字也就是異寫字造成的異構字稱作「俗

字」。例如：

劫—刼：「劫」字从力从去，《說文》：「人欲去以力脅止曰劫。或曰：以力止去曰劫。」段玉裁注：「脅猶迫也。……此篆从力，而俗作刼，从刀。蓋刀與力相淆之處固多矣。」「力」與「刀」相混，首先是因為它們形似，因而容易成為異寫字，但「刼持」義从「刀」，體現以兇器逼迫，也重構了理據。

勳—剽：「勳」字从力票聲，《說文》：「劫也。」段玉裁注：「此篆諸書多从刀，而許《刀部》『剽』下曰：『一曰：剽，劫人也。是在許時固从力从刀並行，二形不必有是非矣。」段玉裁是以《說文》有無此字來判斷正謬是非。從力與刀多處相混的事實看，勳、剽也是因為異寫而轉為理據重構，然後成為異構字的。

勮—劇：「勮」字从力豦聲，《說文》：「務也。」段玉裁注：「務者，趣也。用力尤甚者。」又說：「其據切，五部，音轉為渠力切，字謬从刀作劇。」同上例，「力」與「刀」相混，書寫變異，但刀為利器，可以助力，重構了理據。

勊—剋：「勊」字从力克聲，《說文》：「尤勮也。」 [2]

段玉裁注：「猶劌之謿而从刀也。」同樣的原因重構了理據。

很多所謂的「俗字」都是因為構形相似而對構意有新的推測，從而形成理據重構的異構字。只是有的兩個異構字並存，有的一行一廢，各有各的講法，不必因《說文》的有無或產生的先後判別為正與俗或正與謿之分。

2.理據部分喪失

在字體演變中，有些字部分構件發生了無理變異（也叫構件的記號化），構意看不清了，但還有一部分仍保留理據。比如：

「監」的形體來源於甲骨文，本來是用一個人俯身在裝水的盆裡看自己的面容來表示古代的鏡子（後來加上「金」作「鑒」），引申為「察視」之意。小篆作，變「目」為「臣」，並且將這個「臣」講為「人臣」的「臣」，因此把「監」入《臥部》，「臥」解釋為「伏也 [3.]，从人臣，取其伏也」。「監」則解釋為「臨下也」。這些解釋都是因為對由無理變異後的「臣」產生誤解造成的。楷書由於書寫空間的調整，寫作「監」，把人形臥倒，盆中表示水的一點組合到臥人下面，上半部構形進一步記號化，完全喪

---

3. 徐鉉《說文解字》作「休也」，段玉裁改為「伏也」。段改有理。

失理據，只有下部的「皿」還能聯想到古代以盆水為鏡子的構意。

「爲」，甲骨文作 ，像以手牽象的形狀，表示「運作」，引申為「作為」。小篆變異為 ，除了手的形狀還保留，動物的四條腿還隱約可見外，其他已經離原來的構形很遠了。《說文·爪部》解釋作「母猴也」，已經失去構意。但保留了「王育曰：『爪，象形也』」，稍稍留下原來構意的一點痕跡。

3. 理據完全喪失

還有一部分漢字，在字形隨字體的演變中，由於構件的無理變異或構件的粘合，在視覺上完全失去了構意。無理變異的，例如：

「朋」在甲骨文裡作 ，是用一掛兩向的玉串或貝串來表示一種貨幣，所以有「朋比」的意思，也做貨幣的量詞。小篆誤與 混同，變異成鳳凰的形象，以為是「鳳」的重文，取鳳凰群飛而百鳥從的意思來附會「朋黨」為本義。隸楷則變異為兩個「月」，完全看不出理據了。

「要」，小篆作 ，像一個人叉腰站立之形，解釋為「身中也」，是「腰」的本字。《說文》對構形解釋為「人要（腰）自臼 (jiù) 之形。」正是兩手叉腰的形狀，卻又說

「从臼交省聲」，理據重構為从「交」得聲的形聲字。兩個解釋雖有矛盾，離合理的構意也還距離不遠。隸楷卻寫作从「𠬞」从「女」，完全喪失了理據。

「執」，甲骨文作𡙕，像一人的兩手被銬在刑具裡，楷書經過幾番變異，構意完全失去了。

部件粘合的，例如：

「更」，甲骨文作𤿌，金文作𣪊，都像以手持鎚敲梆子打更的形象，小篆作𣏗，形體還延續甲骨文、金文，但解釋作从攴、从丙聲的形聲字，理據已經重構。楷書粘合上下兩個構件，失去構意，成為粘合式的新獨體字。

「丈」，小篆从十从又，作𠀋，像手持丈量工具的形狀。楷書粘合上下兩個構件，成為新獨體字，構意喪失。

「史」，甲骨文作𠭯，金文作𠯑，像史官手持簡冊的形狀，小篆从中从又，作𠎹，完全承襲了甲骨文、金文，解釋作「記事者也，从又持中。中，正也。」儘管「中，正也」的說法有些含混，原有的構意基本保存。但楷書粘合上下兩個構件，成為新獨體字，構意喪失。

四、構意筆勢化的處理

根據統計，歷代漢字自然發展的結果，理據的保留情況都在 90% 以上，這說明，漢字發展到今文字，仍然是表意文字，性質上沒有發生變化。現代漢字有些通行字構意不清，是自然發展的必然，為了正確理解這些字的構意，需要採取一定的辦法來講解。從共時描寫的角度，後期漢字的構形分析必須依據它們自身的形體狀況來分析，不能附會字源與古代構形的構意。但是，有一點是需要做到的，就是要有歷史的觀念——既不可就現代說現代而不顧歷史，又不可以古律今不顧現實。唯一的辦法是立足現代，尊重發展，溝通古今，追尋歷史。

1.理據重構字的處理

理據重構的字應看作是發展，可按照重構以後的構意來拆分字形。問題在於，用不具備構意或失去構意的字形來任意杜撰構意，叫做望形生義，對維護漢字構形的系統性和漢字的科學應用是有害的。理據重構與亂講構意應當如何區別？首先，理據重構是有歷史依據的，這種現象是漢字個體字符發展的合理現象，因此，可以追溯其重構的

原因；第二，理據重構的合理性，在於它和構形系統的切合。前面所舉「東」和「射」的理據重構，都可以合理地納入小篆系統，不產生與任何一個子系統的衝突。從「力」之字與從「刀」之字的互變，帶有一定的普遍性，也帶有一定的限制性。《說文・力部》含正篆 40 字，重文 6 字，新附 4 字，並非都可以與從刀相通。能夠從刀，是因為實義對從刀的造意可以合理地映射，並且與《刀部》的字不衝突；第三，正是因為重構的合理性，重構字才得以在社會上通行，甚至產生應用的強勢，比原有的「正字」使用頻度更高。亂講構意是不具備這些條件的，往往出於編造，講了一個，亂了一片。例如，「要」仍可看作獨體字，不可拆成「覀」、「女」來強行分析構意，「執」不可拆成「幸」、「丸」來編造構意，「更」要處理成粘合型獨體字，不能再分析。

　　還應當看到，楷書中有些字構意的重構，自古隸和小篆就已經如此，而且是成批發生的。例如：

　　現代楷書中的「卩」，《說文》小篆已經寫作 ，解釋為：「卩，瑞信也。」而羅振玉《增訂殷虛書契考釋》已經明確指出：「卩亦人字，象跽形，命、令等字從之。」且看甲骨文與金文的構形：

甲骨文－金文－小篆

從上面每個字的甲骨文、金文和小篆的對照可以說明，《說文》小篆由於「印」字從「卩」，因此把「卩」解釋為「瑞信」，在小篆系統裡，把 罗（印）和 罗（抑）處理為兩個字，前者以為是「印章」字，後者解釋為「按也」。處理為「壓抑」字。其實，「印」的構意是上面一隻手將跽坐的人按下，本義為壓抑，印章因需要按下的動作，而由壓抑的本義引申，後來才分化為兩個字。自此開始，「卩」在甲骨文和金文的跽坐人形的表形功能就變成小篆「節制」的表義功能，一大批字的構意重新解釋了。我們可以看出《說文》理據重構的合理性：甲金文的「卩」完全是音義不具備的非字構件，是難以進入小篆構形系統

的，構意的重構是構形變化的結果。當然，比較《說文》的講解與甲骨文、金文的實際構形與構意，可以看出《說文》對構意的解釋有一部分是牽強的，追尋甲金文的構意，更有參考作用。

2.記號構件的處理

局部喪失理據的字中不能分析的部分，我們稱作記號構件，這些構件既喪失了理據，也就不能分析其構意功能。但是，記號構件的產生也是有規律的，它們或出於書寫的變異，或出於楷書的構件趨同，對這些構件，參考歷史發展的軌跡，處理成變體，恢復其原初的構意，都是可以做到的。例如：

寒——金文作𡋀，小篆作𡪄，楷書中間的記號構件「其」是茻的變體。

塞、賽——小篆分別作𡫳、𡫩，楷書中間的記號構件「其」是玨的粘合變體。

兩個構件來源不同，都因為粘合而成為記號構件，並在楷書裡形體趨同，只有恢復原來的形體，才能講解構意，並將它們區別開來。

又如：

「印」、「孚」、「采」——小篆分別作𢀳、𤓷、𥝋，

對照之下，可以看出「印」左面的部件是「爪」的置向變
體。

「受」的小篆作■，「爪」與「又」之間的一筆難以
講解。甲骨文「受」作■，金文作■，均像兩手受授承盤
來會「交付」與「接受」之意，因而知道小篆中間一筆是
「舟」的簡化，同時「舟」又有示音作用。因此，只要將
「受」字中間的一筆處理成「舟」的變體，「受」的構意就
清楚了。

3.理據完全喪失字的處理

處理全部喪失構意的字，必須採用溯源的辦法，根據
形體演變的情況，追溯到理據存在的原初構形狀態，復原
其合理的構意，再行講解。下面再舉幾例說明構形與構意
的追溯：

「兼」的楷書形體，我們已無由知道它何以有「兼
得」、「共同」之義。追溯到小篆，可以知道「兼」的篆文
寫作■，兩個「禾」，中間用「又」（表示手）握在一起，
所以有兼得、兼並的意思。參考「秉」更為明白，「秉」字
《說文》小篆作■，是一個「禾」握在「又」（手）中，
用《說文》的話說，「兼」與「秉」從「又」加在「禾」的
中間是「同意」的。追溯到小篆階段，構意也就清楚了。

「盡」字的構意難明，甲骨文的字形作，從皿從手持棒，像在器皿中以棒撥餘火的狀態，表示灰燼；戰國文字稍有變異；小篆因手持短棒與手持毛筆的「聿」字相近，因而從戰國文字改「盡」為從「聿」從「八」；隸書又將下部改為「灬」（火），構件發生了很大的變化，要想正確瞭解它的構意，必須追溯到甲骨文了。

漢字自古到今的演變，是一個很複雜的過程，不僅僅是構形和構意的發展演變，同時還伴隨著字符的滋生和消亡，職能的分化、合併。這個過程受漢字自身系統的限制，也就是字符之間各種關係的制約，更要受到語言詞彙和詞義系統變化的推動。構意既與構形緊密相關，又與詞義必須相通，證明構意分析正確，必須核實古代的文獻詞義，這一工作屬於文獻詞義學也就是訓詁學，這也就是漢字學與訓詁學密不可分的原因。

漢字構形學經過溯源探討構意，其目標不同於漢字形源學，只要找到能反映造字意圖的字形從而使形義統一就可以了，這個字形可能是甲骨文，可能是金文，也可能是小篆，不必一定要找到最早的字形。像上面的「兼」字，我們找到小篆就已經可以知道構意了，而「受」字、「盡」字等要找到甲骨文、金文才能知道構意。

　　最後需要說明的是：構形存在而構意不明的情況各個時代、各種字體都有，即使是古漢字，也不是每一個字都能直接分析構意，少數難以分析構意的漢字，寧可存疑，不可猜測妄說。

第四講
漢字的構形元素與結構次序

　　漢字構形學要解決如何在構意的基礎上分析漢字的構形，必須找到表意漢字內部結構的單位，也就是要瞭解漢字結構的元素。進一步說，在個體分析的基礎上描寫共時層面漢字的構形系統，也必須首先歸納整理過的字符集所具有的基礎元素。分析漢字結構有兩種不同的觀點：一種認為，構件是組成漢字的最小單位，也就是它的基礎元素；另一種認為，構件還可以拆成筆畫，筆畫才是漢字的最小單位。如何看待這些有爭議的問題？這一講裡我們要解決的第一個問題，就是組成漢字的書寫元素與構形元素的區別與關係。同時，構形元素又是經過漢字形體的解構才能看見的，因此，結構分解的程序和規則也就更為重要。

一、漢字的書寫元素——筆畫

　　漢字的實現必須書寫，書寫是認讀的前提。今天看到的已經實現了的漢字，是在不同的載體上用不同的工具「寫」出來的。廣義的「書寫」包括刻寫、翻鑄、軟硬筆

描寫，這些不同的實現方式，決定了實現了的字有著不同的書寫元素：刻痕（甲骨文、石刻、磚刻、竹木簡等）、鑄跡（金文）、線條（篆文）、筆畫（帛書、隸書、楷書）都是漢字的書寫的結果，也就是漢字實現廣義的筆畫。

書寫單位如何描寫和計量，由於實現的方式不同，應當是有區別的。在古文字階段，以《說文》小篆最為定型，小篆的線條大約可以分析為以下 10 種：

名稱	代表形狀	說明	例字
橫	一	無曲、無折、無斷的左右平放的直線	 旦 三 雨
豎	|	無曲、無折、無斷的上下縱放的直線	 巾 中 卜
斜	/ \	向左下或右下的斜線條	 爻 人 凶
點	\	圓點、頓點及極短的橫、豎、斜線	 易 坒 夕
弧	 ⌒	方向沒有轉換的曲線	 𣥐 坒 月
曲	乙	一次或多次轉換方向但不封閉的曲線	 圓 𦥑 川
折	⌐	轉 90 度的折線（折點為圓角，下同）	 𣏟 𡕥 屋
框	 ⊏ ⊔	三面包圍的方框	 网 � 甘
封	□	除圓形外各種封閉的曲線或折線	 國 囲 △△
圈	○	圓形封閉的線	 𠂤 呂 宮

　　漢字發展到楷書，筆畫已經定型，變為可以稱說、可以論序、可以計數的書寫單位。筆畫寫成以後的樣式，稱作筆形。筆畫按筆形來定名稱說。楷書的基本筆形有橫（無曲、無折、無斷的左右平放的筆畫）、豎（無曲、無折、無斷的上下直放的筆畫）、撇（向左下的斜筆）、捺（向右下的斜筆）、折（方向變化的連筆）、點（不足構成橫、豎、撇、捺、提的小斷筆）幾類。楷書筆畫還有兩個重要的附類：提（向右上的斜筆）是橫的附類，豎鉤（豎連向左上的提）是豎的附類。

　　筆形的分類可粗可細，要看分類的目的是什麼。如果為了檢索排序則宜粗。例如現代辭書只歸納為橫、豎、撇、點、折五種筆形。如果為了教授書法或描述寫法則宜細。例如點可以細分為撇點、提點、頓點等。折也可以按方式、方向和順序進行更細的描述。

　　楷書的筆形在一定的條件下有習慣性的變異。這種變異帶有規律性，影響了楷書的總風格。筆形變異從變異的原因分可以有以下幾類：

1.為書寫連貫而變異

　　橫變提：左邊多半是漢字的表示類別義的構件，一般也是部首。這些構件最後一筆如果是橫，出於要接續寫下

一個右面構件的需要，筆勢上產生了橫變提的現象。例如：「土－坐－地」，「牛－牢－牧」，「子－字－孔」等屬此。

2.為結構緊湊而變異

書寫在結體時，有「讓就」的規則，儘量使空間的疏密得當。有些構件在獨自書寫時筆畫是發散型的，但在組構其他字時由於給別的構件讓出空間，採用了聚斂型的筆法。例如：

捺變點：「木－架－村」，「文－紋－斌」，「食－餐－飽」等屬此。

豎彎鉤變豎提：「匕－北－比」，「先－洗－贊」，「己－記－改」，「屯－純－邨」等屬此。

3.為構形美觀而變異

書寫的結體要通過筆畫的調節，輪廓要端方整齊，空間要錯落有致。因此書寫歷來有避重捺的習慣：「木－架－茶」，「水－汆－黍」，「良－浪－食」。

這三種筆形變異不會影響漢字的構形與構意，也說明了筆畫不是構件的下位概念。

楷書的筆畫起落固定，動態的實現與寫成的樣式一致，所以可以計數。這在筆畫沒有定型的古文字階段是難以做到的。試比較「龍」、「馬」二字的甲骨文、金文和小

篆：

　　甲骨文　　　　金文　　　　　小篆

從已實現的形體上，甲金文與小篆都難以看出書寫時的起落與順序，不易計算線條的數量，只有楷書可以把筆順和筆畫數確定下來。

　　筆順是在用毛筆書寫的時代前人寫字的經驗總結，其中有相當的靈活性和個人習慣性，本來沒有絕對的規則可言。特別是對書寫熟練者來說，在一定的範圍內，先寫哪一筆並不會絕對影響寫字的準確和美觀。規範筆順的作用主要是為了給漢字排序，以便檢字。對於初學者來說，遵循一定的規律，把漢字寫得方正、整齊，養成良好的書寫習慣也是很有必要的。

　　前人總結的筆順規則大體有以下幾條：先上後下（尖），先左後右（河），先橫後豎（木），先外後內（回），先中後旁（小），正連反斷（匹），折不過三（凸、乃）等。對於寫字來說，把規則與具體字的筆順結合起來教學，比死記每個字的筆順，更容易把握一些。

二、筆畫書寫和構形的關係

與書寫和筆畫有關的，必須提到「字體」這個概念。字體是指漢字在社會長期書寫過程中，由於書寫工具、載體、社會風尚等原因，經過演變形成的相對固定的式樣特徵和體態風格的大類別。它是一個階段某種同一風格字群的總稱，因而，任何一個單個的字，都必然屬於一種字體。字體是在書寫過程中形成的，它不是某個人或某些人的一時書寫能夠形成的，而是在社會長期書寫、形成書寫風氣之後逐漸形成的。它有一個形成過程，直到特徵與風格相對固定，也就是與其他字體有了對立或互補的特徵風格以後才算正式產生。

漢字字體的發展可以簡單描述為以下過程：經過甲骨文、金文到小篆，篆體才成熟。戰國文字大都屬於篆體，構形的規律沒有離開漢字的總規律，但風格上產生了較多的差別，直到秦統一才有了篆體的代表樣式小篆。篆體因速寫而有古隸 （也就是秦隸——一種半篆半隸的過渡字體），接著是隸書和楷書。隸書因速寫而產生了變異字體章草，其正體由八分書過渡到楷書，楷書也因速寫產生了行

書和草書。隸書與章草，楷書和行書、草書都是同時通行的，它們之間有明顯的相互影響，楷書的筆形很多是行書的影響造成的。

字體與字形是兩個不同的概念，風格和結構是討論漢字問題的兩個角度：同一個構形可以是不同字體，同一種字體可以包含不同的構形模式。筆畫既與字體有關，又直接影響構形。字體學與構形學是漢字學的兩個不同的分支，這裡只對與構形相關的問題做簡要的介紹。通過筆畫寫出一個漢字叫做行筆，寫出的整字結構的狀態叫做結體，不同字體可以從行筆和結體兩個方面來比較、分析。

行筆的分析可以從三個大的方面著手，每個方面也還有一些細節值得注意。（見下表）筆勢、筆態和筆意都可以直接或間接影響構形。

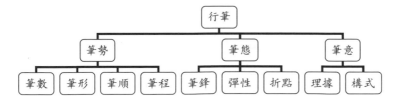

結體是整字中筆畫結合在一起的狀態，它可以從四個方面進行分析。（見下表）這四個方面也都會在不同程度上影響構形與構意。

篆體筆態均勻，沒有彈性，折點為圓轉，輪廓偏長，重心偏上；隸書和楷書由於筆形的變化，輪廓呈方形，構件布局隨之發生變化，空間的疏密也要有不同的擺布，造成筆畫的交重和構件的粘合。更因為折點失去圓轉，象物性漢字的筆意難以完全保存，經常會因為筆意轉化為筆勢或改變構式，或失去理據。下面小篆和楷書構形的趨同和變異，可以充分說明這些情況：

① 辻 — 徒　② 盟 — 監　③ 穎 — 穎　④ 廖 — 腐

①②是楷書對小篆的變異，③④是楷書對小篆的趨同繼承，灰色筆畫標誌的地方都可見書寫對構形的影響：

①「徒」的小篆字形本「从辵土聲」，為了書寫的均衡方正，楷體字卻重新設置構件布局，移動了「辵」下部的「止」，與「土」合為「走」。

②「監」的小篆字形來源於鐘鼎文的多體象形，臥人下的短橫本在「皿」上，表示器皿中的水，楷體字為追求方正，將表示水的短橫變為點，組在臥人之下。這樣一個

小小的變動，在視覺上就產生了一個超系統形體，難以解釋。

③「穎」本「从禾頃聲」，小篆與楷書字形為了空間疏密的得當，置「禾」於「匕」下，強為之左右結構，視覺上也就容易出現一個超系統形體。

④「腐」本「从肉府聲」為上下兩分結構，小篆與楷書字形出於輪廓的方正，將「府」之一撇延長，全字的構式改變為上左包圍結構。

在楷體字中還可以看到一種現象，那就是構件變體的產生。構件由於書寫的原因，產生了省減筆畫或構件、改換構件放置的方向、改變某些筆形或兩個以上構件粘連的現象，稱作形體變異。變異後的構件，可以與正體構件認同後仍具有與正體相同的構形與構意，稱作構件變體。

1.省減變體

「鳥」下出現其他部件均省去四點，例如「梟」字，「瑩」下出現其他部件均省去「玉」，例如「榮」、「營」，這屬於省減變體。

2.置向變體

「水」在「益」上橫置，「德」本從「直」，其中的「目」也變橫置，「印」中「爪」的側置部件，「化」中

「人」的倒置部件等，都屬於置向變體。

3. 筆形變體

「兼」上本為兩撇，是兩個「禾」字的上端，楷體字常用形體均改為「內八字」兩點。「半」、「酋」中的「八」都含有構意，寫作「內八字」，均成為變體。「俊」從「允」得聲，下面的「儿」字都變兩點。「經」中「川」的三豎變為折筆等。這些都屬於筆形變體。

4. 粘合變體

「里」字本來從「田」從「土」，書寫時中間一豎貫穿，形成粘合變體。

這些變體雖發生在構件上，卻大都與筆畫有關，都屬書寫對構形的影響。

筆畫對構件的樣式和對全字的結構有較大的影響，這些影響都是由於書寫的緣故，總體可以看成書寫對構形的影響。但是，筆畫不是漢字構形的單位，而僅僅是書寫的單位。這是因為：首先，漢字的構件是體現構意的，筆畫卻不具有體現構意的功能。如「革」是以整體的構形來表示「去毛之皮」這一構意的，拆分成筆畫後，各筆畫體現不出構字意圖，這就使構件與筆畫有了根本性質上的差別。其次，漢字的結構的生成與書寫的順序並不完全一致。

書寫是一筆一筆實現的，但不都是寫完一個構件、再寫第二個構件。只是在書寫完成後，才能看見全部構件的布局。例如：「回」由「囗」(wéi)和「口」兩個構件組成，但書寫時並不是先寫完「囗」再寫「口」，也不是先寫完「口」再寫「囗」。「東」由「木」和「日」兩個構件組成，但書寫時並不是將「木」和「日」一先一後分別實現的。「夾」由「大」和兩個「人」構成，但書寫時並不是「大」與兩個「人」依次分別實現的。

三、漢字的結構次序

漢字的構形元素是構件，最小的元素即形素，有限的形素組成數以萬計的單字，有兩種不同的結構次序，我們分別稱之為平面結構和層次結構。

1. 平面結構

平面結構是由構件一次性集合而成。在小篆中，有一些字屬於平面結構。例如：

 《說文》：「暴，晞也。从日，从出，从収，从米。」段玉裁注：「日出而竦手舉米曬之，合四字會意。」

 《說文》：「舂，擣粟也。从廾持杵臨臼上。午，

杵省也。」朱駿聲《說文通訓定聲》:「午,古杵字。」

俞 《說文》:「俞,空中木為舟也。从亼,从舟,从
巜。巜,水也。」段玉裁注:「合三字會意。」

畺 《說文》:「畺,界也。从畕、三,其界畫也。」
(按:从兩田,三橫界其中)

爨 《說文》:「爨,齊謂之炊爨。臼,象持甑;冂,
為竈門口;廾,推林內火。」(爨 籀文)

塵 《說文》:「塵,鹿行揚土也。从麤,从土。」段
玉裁注:「羣行則塵土甚。」(塵 籀文)

這種平面結構的字,其構意的體現有兩種類型:

(1)形義集合型

把多個意義信息集在一起來表示總的字義:「暴」的意
義是「曝晒」,用日、出、雙手和米集中了曝晒的信息。
「俞」字的本義是把木頭鑿空做成船,以亼(集)、舟、巜
(水的變體)組合來表示此義。這些字都不是實際物象的
組合,它們是通過構件本身所帶有的意義信息集合起來體
現構意的。

(2)物象組合型

按照具體物象的關係組成圖形來描述字義 : 小篆的
「舂」是用兩手持杵在臼裡舂米的極富動感的畫面來傳達

「舂」這個動詞的意義。 畺 是「疆」的象形字，用三個
橫道表示疆界，將田畝隔開。 爨 上面像兩隻手拿著炊具，
下面像兩隻手把木柴推進灶火門。 麤 是《說文》籀文，
畫三個鹿表示群鹿奔跑，周圍揚起塵土等。在這種類型裡，
構件的相互位置和生活中實際的狀態是一致的。

　　不論是信息的累積，還是圖畫的樣式，這些字都是三
個以上的構件一次性組合，分不出層次來，稱作平面結構。

　　小篆中的平面結構已經較少，甲骨文圖形樣式的字符
很多，大都為平面結構。有些古文字裡的平面結構，發展
到小篆已經成為層次結構。比較下面三組字：

①㥀 㢈 㢄 ②㫈 㳕 㪚 ③開 陞

第一組是甲骨文的「降」，畫兩隻向下的腳從山上走下來，
會「下降」之意。第二組是甲骨文的「陟」，畫兩隻向上的
腳從山腳走上去，都屬於圖形式的平面結構。第三組是小
篆的「降」和「陟」，雖然可以明顯看出它們與甲骨文的演
變關係，但小篆將甲骨文中豎著放的「山」都變為「阝」
（阜），向下的兩隻腳組合為「夅」(jiàng)，除「降」外，
絳、洚、袶……等字都以它為聲符。向上的兩隻腳變成
「步」（上從「止」，下從反「止」），兩個字都成為層次結
構了。

2.層次結構

自小篆以來，漢字走上以形聲字為主的道路，大量組合是層次組合。層次組合的特點是，每個字符是由基礎構件開始，分作若干層次逐步累加上去而構成的。以「溢」、「歷」、「傲」、「灝」、「照」、「薄」六字為例：

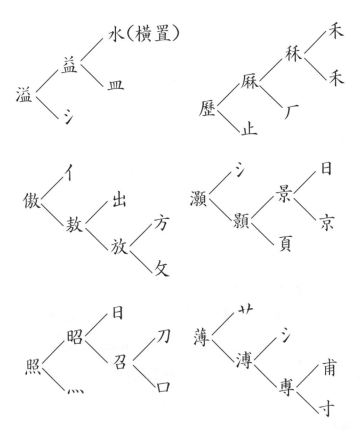

這六個字都是由基礎構件逐次累加而成的。層次結構的漢字，構意是通過直接構件來體現的，其他構件不直接對全字的構意起作用，只是因為逐級生成全字而對全字的構意間接起作用。

層次結構大部分是形聲結構，需要關注的是聲符介入的層次：

⑴聲符從最底層介入

「照」的聲符在各個層次裡分別是「昭─召─刀」，「刀」從一開始就以基礎構件的身份加入構字，它的示音功能從頭一直貫穿到最後。

⑵聲符從中間介入

「溢」的聲符「益」是在第二層次加入的。「益」的構件「水」（橫放，置向變體）和「皿」不對「溢」直接起構意作用，但沒有這個層次，「溢」字就得不到聲符。「益」和「溢」的關係比一般的形聲合成字要複雜一點。「益」中橫著放置的「水」，表示水從器皿中漫出來。本來是為「滿溢」義造的字，引申而有「利益」的意義，後來「利益」義成為「益」的常用義，於是再加「水」旁表示「滿溢」義，原來的「益」便轉化為聲符了。

　　「歷」由兩個「禾」作為組合的起點，生成「秝」(lì)，《說文》：「秝，稀疏適也，从二禾……讀若歷。」用兩棵禾苗表示「距離合適」、「勻稱」。這個聲符是在第二層次上得到的。「秝」與表示山岩的「厂」組合為「厤」(lì)，保持了「秝」的讀音，同時產生了「經歷」的意思。後來為了使「經歷」之義表現得更為明確，又加上了表示腳的「止」，與「曆」區別，使構意更加完善。

　　(3)**聲符在過程中更換**

　　「傲」先由表「驅使」義的義符「攵」（支）加第一個聲符「方」組成「放」，保持了「方」的讀音，同時產生「開放」義；「放」和「出」組成會意字「敖」，《說文》：「敖，出游也，从出从放。」產生新的讀音 áo，「放」的聲符作用也在第三層次上消失。「敖」又以新的聲符的身份和義符「亻」組成「傲」，既保持了「敖」的讀音，又產生了新的意義「傲慢」。

　　「灝」的層次組合也同樣具有啟發性，它由「日」和「京」先組成「景」，在「景」字裡「京」是第一個聲符，但在下一個層次裡，「景」與「頁」組合讀 hào，「京」的聲符的功能便在這個層次上消失，而在下一個層次與「氵」組合時，「顥」承擔了第二個聲符的功能。

　　由以上的例子可以看出，在層次組合中，基礎構件的功能只在自己加入的層次裡起作用，每一個層次都生成一些功能，也可能消失一些功能。整個字的構意則是通過直接構件來體現的，而直接構件的功能又是通過下層構件逐級生成的。

3.綜合結構

　　有一些字，屬於平面組合和層次組合綜合構成，如「瀑」字先為平面結構「暴」，再與「氵」結合已經是層次結構了。「疆」先為平面結構「畺」，後兩個層次「一疆一疆」進入層次結構。

　　層次結構是以逐級生成的方式來體現構意的，這種結構富有概括性，可以把基礎元素減到最少程度，又可以把字與字的構形關係在各個層次上有序地體現出來，所以是一種系統成熟後的結構方式。平面結構則是一種富有個性化的結構方式，是圖形式的古文字構形的遺存。我們可以根據層次結構所占比例的多少衡量一個漢字構形系統的嚴密程度。例如，甲骨文的層次結構大約只占 20-30%，而《說文》小篆的層次結構則占到 87% 以上，這可以說明，小篆構形系統的嚴密性，大大高於甲骨文。

　　正因為平面結構與層次結構在構意的體現上，前者是

一次性集合式的，後者是兩兩生成式的，所以在分析漢字的形體結構時，正確區分這兩種結構類型，才能準確分析造字的理據，也才能保證構件的拆分不出錯誤。

四、構形的分解

從漢字中拆分出構件，稱作構形的分解，或稱字形解構。字形解構應當依照字形結構的反向來進行，不能違背字形結構的規律。

依照漢字結構的理據，順應客觀類型和組合程序來拆分漢字，我們稱作有理據拆分（簡稱有理拆分），這種拆分不但保證拆分的最後結果是合理的，而且保證每一個過渡構件都是合理的。違背這些規律，或不根據構意，或不按照應有的平面結構和層次結構，或在分析層次結構字符時順序錯亂，均稱無理拆分。從漢字中拆分出構件，是為了正確識別漢字和最終描寫出漢字的構形系統，無理拆分難以達到這個目的。

無理拆分的弊病首先是要拆分出一些漢字族譜中所沒有的形體。我們稱這些漢字族譜中沒有也不可能有的構件為超系統形體，超系統的形體無法解釋，不具備音和義，

也沒有構意，不論是對於系統的描寫還是對個體字符的理解，出現這種形體都是不合理的。

無理拆分有以下幾種情況：

最常見的是沒有分清平面結構和層次結構，把層次結構分析為平面結構。例如：

雖然知道按層次分析，但分析的順序發生錯誤。例如前面所舉的「傲」字，如果不是先拆分到「敖」，第二步拆出「出」和「放」，而是先把「攵」（攴）拆出來，再拆「亻」，就會出現兩個超系統形體：一個是「亻」再加「出」加「方」，另一個是「出」加「方」，這兩個過渡構件都是在漢字族譜中沒有的。請看下面圖示：

① 傲　② 傲

灰色筆畫部分的形體都屬於超系統形體。只有前面層次結構所講到的有理拆分才是正確的。

又如，「疆」是綜合結構，先是平面結構構成「畺」，再與「弓」結合為「彊」，這是「強」的本字，最後加「土」構成「疆域」的「疆」。後兩個構件的介入是有層次的，如果分析時程序發生錯誤，先把「畺」拆出來，留下「弓」下有「土」的形體，成為超系統形體，就屬於錯誤

的分析。請看下面圖示：

疆

灰色筆畫部分的形體也屬超系統形體。正確的有理拆分應當是：

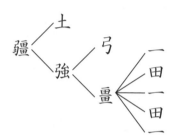

另外一種情況是，雖然沒有按照原初構造的順序進行層次拆分，但並沒有拆出超系統形體，看起來仍是合理的，但構意有與原初結構不同的地方。例如，在拆分「徒」字時，《說文》小篆在「辵」部，應當先拆出「土」和「辵」，再把「辵」拆成「彳」和「止」（筆形變體）；按照楷書，先拆成「彳」和「走」，再把「走」拆成「土」（小篆「走」上從「夭」，像人甩臂走路）。我們可以比較兩種分析方法哪一種更優化：

①赱（從辵，土聲）　②徒（從彳從走）　③𧺆

「徒」的本義是不用車徒步走路。從小篆到楷書，理

據重組了。小篆「徒」的義符是「辵」,「土」是它的聲符,「辵」與「走」兩個部首在構意上是有分工的:從「辵」的字大多是一般的行,從「走」的字都與「趨進」、「快走」有關,所以許慎選擇第一種分析方法;現代詞彙中「走」已經沒有了「快走」、「跑」的意思,改為後一種組合法是可以理解的。但是,兩種分析有相當大的差別:「徒」從「走」,「走」上面的「土」是「夭」的異形,並不是聲符,只要看③金文「走」字形的上部便可清楚。即使我們把「走」的上部看成「土」,介入「走」字後,它的示音作用也消失了。所以「徒」丟失了聲符,是會意字,與小篆的形聲構字模式已經不同。經過這一番分析比較可以看出,就楷書本身的分析來說,「从彳从走」的分析似無不可,但要就上溯字(形)源、古今認同的角度說,仍以先分析出「土」作聲符更為優化。

　　檢驗拆分是否正確,首先要根據構意的體現是否符合客觀,可否上溯到字(形)源,其次要檢驗每一個過渡構件是否屬於漢字族譜中可能出現的形體,有沒有超系統形體產生。

五、漢字的構形單位——構件

漢字的構形單位是構件（也稱部件）。當一個形體被用來構造其他的字，成為所構字的一部分時，我們稱之為所構字的構件。如「日」、「木」是「杲」的構件，「木」是「森」的構件，「亻」、「列」是「例」的構件。

1.構件的級層

⑴基礎構件（形素）

我們把漢字進行拆分，拆到不能再拆的最小單元，這些最小單元就是漢字的基礎構形元素，我們稱之為形素。例如：「諾」、「器」兩字：

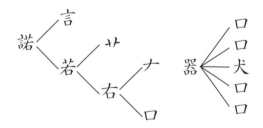

「諾」是層層拆分的，「器」是一次性拆分，它們同樣都拆到不能再拆的程度，出現了形素。一般說來，漢字的構形和構意是統一的，這些形素在形體上是相對獨立的，

並且還都能體現構意。例如「諾」中的「ナ」，是「又」的變體，表示右手，它不能再拆成一和丿，因為這兩個筆畫在形體上已沒有相對獨立性，而且也不具有示音、表義、表形和區別的構意功能了。

同一個漢字在不同的字體中，常會有不同的構形形素。例如：小篆的 𧦝 字與前面所舉的現代漢字「諾」就有所區別：「言」還可以拆分成「辛」和「口」。

現代漢字與小篆比較可以看出，現代漢字的拆分和體現構意不如古文字細，這是因為從小篆發展到隸書、楷書有一個簡化過程，除了筆畫的省簡外，還因為書寫的便捷而發生了形素粘合和簡寫的情況，「艹」就是「艸」的簡寫，另一寫法「卄」，是兩個「十」的粘合。粘合以後的構形元素從形體上不宜再拆分了。這也告訴我們：理解和認識漢字，一方面要對不同時代的漢字實際面貌進行客觀描寫；另一方面也可以追溯它的歷史以便對它瞭解得更深刻。例如「右」字能否再行拆分？「ナ」是否獨立體現構意？參考了古文字，就可以處理得更合理一些、科學一些。

從以上例子還可以看出，形素在層次組合的字中，是逐層加入的。也就是說，雖同是構形的最小單位，它們卻可以在不同的層次出現。「ナ」和「口」出現在組合的第一

層，而「言」卻到第三層才出現。

(2)**直接構件**

直接構成全字的構件，稱作直接構件。全字的造字意圖是通過直接構件來體現的。層次結構的字，不論有多少層，總是第一次拆分的構件體現構意。例如：小篆 鞭 的構形共有 5 層，但它的造字意圖是通過直接構件「革」和「便」來體現的，「革」指明其意義類別，「便」提示其聲音信息。平面構造的字因為只有一個層次，所以由所有的構件一次性體現構意。例如：小篆 曝 的構意是「兩手掬米送出在太陽裡晒」，每個構件都在其構意裡起到一定的作用。對獨體字來說，它的構件就是它自己，它的基礎構件、直接構件和全字是相同的，例如：「自」的基礎構件是「自」，直接構件和全字也是「自」。

(3)**過渡構件**

在依層次拆分的漢字中，如果級層超過 3 個，就會出現過渡構件。處在直接構件和基礎構件之間的構件，稱作這個字的過渡構件。它們可以用級層來指稱，例如：

楷書「諾」字含有以下三級構件：

一級構件：言、若

二級構件：艹、右

三級構件：ナ、口

二級構件就是過渡構件。

小篆 鞭 含有以下四級構件：

一級構件：革 、儨

二級構件：几 、雪

三級構件：丙 、与

四級構件：卜 、ヲ

二級、三級構件就是它的過渡構件，可分別稱為二級過渡構件和三級過渡構件。

2.成字構件與非字構件

成字構件指既能獨立成字，又能參與構字、體現構意的構件。也就是說，當它不作其他字的構件時，本身就是一個完整的字，與語言中的某個詞對應。例如：

「目」，在作「睛」、「瞳」的構件時，表示所構字的意義與「眼睛」有關，而「目」本身就是一個獨立的字，與語言中「眼睛」這個義項相對應。

「胡」在作「湖」的構件時，其構意是提示「湖」字的讀音，而「胡」本身就有 hú 的讀音和「頷肉」的意義。

「目」和「胡」都是成字構件。

非字構件指只能依附於其他構件來體現構意，不能獨

立用來記錄語言的構件。這種構件無法與語言中的詞對應。非字構件有以下四種類型：

(1)作為標誌或表示區別的單筆畫或筆畫組。例如：

「末」上面的一橫是依附於「木」而存在，表示「木」的末梢，它本身不能獨立存在，不能與語言中的詞對應。「刃」字中的一點、「亦」字中的兩點、「母」字中的兩點、「夫」字中的短橫，都只能依附於成字構件而存在，其構意只有在所構字的具體環境中才能體現出來。

(2)古文字傳承保存下來的非字象形符號。例如：

「果」上的「田」，本是果實的象形變異而來，「番」下的「田」本是獸足的象形變異而來，它們與「田地」的「田」同形而沒有音義，都是非字構件。「谷」《說文解字》作 ，解釋為「泉出通川為谷，从水半見，出於口」。它的上部本來就是一個非字構件，楷書傳承保留下來，仍是有構意無實義的非字構件。

「俞」中的「刂」本是「水」的變體。在小篆裡已不成字，楷書傳承保留下來，仍是非字構件。

(3)充當部首的書寫變體。例如：

「水」在左邊寫作「氵」（三點水）

「火」在下邊寫作「灬」（底火）

「刀」在右邊寫作「刂」（立刀）

「手」在左邊寫作「扌」（提手）

「阜」在左邊寫作「阝」（左耳）

「邑」在右邊寫作「阝」（右耳）

　　這部分非字構件在《說文解字》裡就屬於構字頻率高的部首，它們不僅是構形的標誌，而且同時決定了字的構意。在《說文解字》裡，它們大都是成字的，請看以下小篆，這些部首不論放在哪個部位，都與它們的獨體字寫法一樣，所以都是成字的：

　　這些構件發展到隸楷階段，產生形體變異，由於構字時所放的位置固定，變異呈現出一種規範，但由於書寫的原因，它們與作獨體字時的樣式已經不同了，變成了非字構件。這類構件與上面兩類都不同的是，它們雖不能獨立記錄漢語，但與成字的對應關係非常整齊，構意也與相應

的成字完全一樣。這類構件我們又稱作結構部首，以與僅僅作為查檢而設的檢索部首相區別。

(4)經過變異或粘合、喪失理據作用的記號構件。例如：

冬，「冬」上部是古文「終」，本是成字的。楷書成為記號構件，也就是非字構件。貴，「貴」的上部是「臾」(古文「蕢」)，本是成字的。楷書變異，成為非字構件。春，「春」的上部本從「艹」從「屯」，粘合後變為非字構件。

在分析楷書時，要注意辨別同形異質的構件和異形同質的構件。例如：

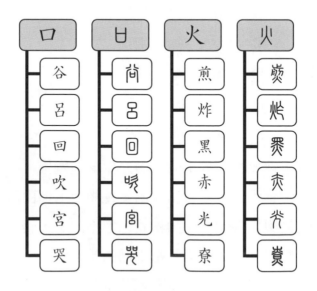

　　從上面兩組例子可以看出：在楷書中的「口」，表示不同的構意——「谷」的口像山谷的水口或豁口，「呂」的口像人一節一節的脊椎，「回」的口象徵水的圓轉，「吹」的口才是口吻的口，表示嘴發出的動作，「宮」的口像前後進的房屋、院落，「哭」的口則至今構意不明，我們暫且把它作為一種哭泣表情的體現吧！即使在小篆裡，這些字的構件「口」構意也是完全不同的，甚至不都是成字構件，沒有讀音的，為了指稱，讀作 kǒu 而已。這是一組同形異質的構件。另一組字中的「火」，在楷書裡寫法形狀不同，但從構意看，它們都是「火」的變體，它們的小篆形體完全是一樣的。這是一組異形同質的構件。

　　前面說過，把漢字的書寫單位和構形單位區別開來，在理論上是非常必要的。正因為結構生成與書寫順序是不一致的，所以，當我們分析正規字體的結構時，主要分析構件及其功能；而當分析變異字體時，由於這種變異是書寫造成的，就必須首先考慮書寫順序和筆畫密集程度所起的作用。如果不把書寫單位和構形單位區別開來，在分析這些不同現象時，就會產生困難，容易把來源和本質完全不同的現象混淆。

　　所以，雖然不少形素是由多個筆畫構成的，我們在作

構形分析時，並不以筆畫作為下一層次的單位。也有少數
構件是單筆畫的，為了理論體系的嚴謹，這種構件應具雙
重身份：在書寫時，稱為筆畫；進入構形時，稱為單筆構
件。這正如一個形音義俱備的字往往也有雙重身份：在構
字時稱構件，獨用時即稱字或字樣。

第五講
構件在組構中的功能

　　構件是漢字構形的單位，不論是層次結構還是平面結構，每一個構件都在結構中具有一定的位置——或為基礎構件，或為過渡構件的某級構件，或為直接構件。構件的位置是它參與構形的重要表現。構形與構意是分析漢字結構不可分割的兩個要素，構件在具有結構位置的同時，還必須具有結構的構意功能。構件在構字時都體現一定的構意，構件所承擔的構意類別，稱為這個構件的結構功能，更明確的說，也稱構意功能。構件在組構字時的構意功能以其功能的類型命名。

一、構件的表形功能

　　構件用與物象相似的形體來體現構意，即具有表形功能。表形功能是一種直觀的構意功能，它不需要借助其他字來體現其作用，只需要認讀者察覺字形與外物的關係即可判斷其所指。

1.獨體表形

構件用一個單獨形體與外物聯繫來體現構意，即為獨體表形。例如前面說到的甲骨文的「天」字，畫一個突出頭部的正面人形表示人的頭頂，也象徵宇宙的天，「福」字畫一個豐滿的倉廩，表示好運等等。第三講說過，小篆的象形字多半是獨體的，應當也屬於這一類。

獨體表形本身就是一個字，所以它是音義俱備的。遇到外形相似的事物用獨體表形來體現構意，突出外物的特點是區別的關鍵。例如甲骨文中表示動物的字：

動物的外形大都設計為獨體表形字符會有很多地方難以區別，甲骨文的形體設計就是抓住了它們最突出的特點：A 是鹿，突出它的角。B 是馬，突出它奔跑時揚起的鬃鬃。C 是虎，突出它的牙齒。D 是犬，突出它向上彎曲的尾巴。E 是豕，也就是豬，突出它的腹部。F 是牛，G 是羊，與其他設計不同的是，其他動物都畫其全身，唯有牛羊僅畫其頭部，二者的區別在角。甲骨文未見「鼠」字，用小篆的「鼠」(H) 補充，鼠突出它渾身的毛和長尾。這一組表示動物的字採用的構形與構意，含有漢字學的一個

重要規律——區別律。表意漢字需要以構形與詞義契合，才能達到「約之以宜」的目的，符號之間的區別是構字的關鍵。甲骨文這一組動物字的構形設計巧妙地體現了區別律，造字時代人們對與己有關的客觀世界觀察的細緻，也可見其一斑。

2.組合表形

用多個與物象相似構件，按照生活的自然狀況組合起來表達構意，即組合表形。其中每一個組合中的構件都具有表形功能。

(1) 🦅 ——① 🦅　② 🦅　③ 🦅 此為金文的「臨」字，①、②、③灰色筆畫部分分別是它的一個表形構件。①畫俯視的眼睛，②是人身的簡化描述，③是下方的三個物件，三個在文字上象徵多數，因透視原理，上寬下窄。三個表形構件平面組合，全字的構意為向下張望，表示「臨下」的詞義。

(2) 益 ——① 益　② 益　③ 益 此為金文的「益」字，①、②、③灰色筆畫部分分別是它的一個表形構件。①畫器皿，②畫器皿中的水，③畫水從器皿中溢出來的形狀。三個表形構件平面組合，全字的構意為水從器皿中溢出，表示「滿溢」的詞義。

(3) ⿱ ——① ⿱　　② ⿱　　③ ⿱　此為甲骨文的「叟」字，①、②、③灰色筆畫部分分別是它的一個表形構件。①畫房屋，②畫火把，③畫手。三個表形構件平面組合，全字描繪人持火把在屋中搜尋的情狀，表示「搜尋」的詞義。古代晚間視察安全的人多為長者，故引申為「老叟」的意義，「搜尋」字再加「扌」以別之。

(4) ⿴ ——① ⿴　　② ⿴　　③ ⿴　此為甲骨文的「鄉」字，也是「嚮」的古字，①、②、③灰色筆畫部分分別是它的一個表形構件。①畫一個食具，像簋的形狀，②、③畫兩個相對而坐面向簋張口的人。三個表形構件平面組合，全字描繪兩人相對饗宴之狀，表示「相向」的詞義。

(5) ⿰ ——① ⿰　　② ⿰　此為甲骨文的「即」，①、②灰色筆畫部分分別是它的一個表形構件。①畫一個食具，像簋的形狀，②畫一個面向簋而坐的人。兩個表形構件平面組合，全字的構意是人已即席，表示「靠近」、「已經到達」的詞義。

(6) ⿰ ——① ⿰　　② ⿰　此為甲骨文的「既」，①、②灰色筆畫部分分別是它的一個表形構件。①畫一個食具，像簋的形狀，②畫一個背向簋而坐的人。兩個表形構件平面組合，全字的構意是人已食畢，表示「完畢」的詞

義，引申為副詞「已經」。

從以上實例可以看出，表形構件組合時，不僅構件本身有象物性，而且每一個構件的位置和它的放置方向，都對構意發生一定的作用。

3.象徵表形

很多甲骨文和金文的表形構件，在古文字向今文字過渡的小篆中都已經義化而成字，但是還有一些具有表形功能的構件插入在具有其他功能的字裡。例如：

果 《說文》：「果，木實也。……象果形在木之上。」

番 《說文》：「番，獸足謂之番。从釆，田象其掌。」

胃 《說文》：「胃，穀府也。从肉，図象形。」

小篆「果」與「番」都从「田」，但都不是「田地」的「田」，它們是具有表形功能的非字構件，分別表示果實和獸足。「胃」上面的図也屬於非字構件，表示填滿食物的胃臟。這些字的另一部分——「果」下的「木」，「番」上的「釆」(biàn)，「胃」下的「肉」——都已經成字，充當表義作用。這些表形構件插入其中仍以物象強化構意。第四講我們講到，小篆裡有很多「口」並非脣口之口，它們也是插入表形的構件：「谷」的「口」像山谷流向江河的出水口，「呂」的「口」像人的脊骨，「宮」的「口」像宮室一

進一進的院落、房屋，「向」中的「口」表示北面的窗戶……這些大部分屬於古文字遺存的表形構件。

這些遺存的表形構件不具備字音，而且由於今文字字體的緣故，自身的象物性也已經相當淡化，因此我們只能稱它們作「象徵構件」，以其作為表形構件的附類。

由於楷書字體構件趨同現象的存在，象徵構件不可以因為形體相同便加以認同，因為它們在不同的字裡表示的具體構意也不盡然相同。

二、構件的表義功能

構件以它在獨用時所記錄的詞的詞義來體現構意，這就是構件的表義功能。表義構件既然可以獨用，而且具有語義，必然是成字的。構件的表義功能有兩種類型：

1.表示類別義

有些表義構件所表示的構意是一種類別，從它們的字都屬一類事物或與這類事物有關的事物。這是今文字中構件最常見的功能，形聲字的義符大部分屬於這類功能。這裡我們需要特別注意的是，漢字表示類別義的構件，經過許慎《說文解字》的規整，在構意上有很清晰的分工。例

如：

在甲骨文裡，表示植物的構件在組字時數目不同、形狀不同，草、木不分，下面8個「春」字有「木」形和「艹」形兩種，數量從4個到1個不等，而構意是相同的：

但在《說文》小篆裡，不但「木」與「艹」有嚴格的區別，構件的數量也對構意起著不同的作用。《說文》草本植物都在《艸部》而木本植物都在《木部》；《屮部》共收「屯」、「每」、「毒」、「芬」、「熏」等字[1]，不表示草類，表示的是向上生長和氣出向上的構意；《茻部》收「莫」、「莽」、「葬」三個字，也不表類別，「茻」的構意是「草叢」。《林部》所收字大多與樹木叢生和用多根木材於建築有關，「森」也在《木部》。

《說文》的《言部》所收全部與人的言語行為有關，而人的非言語行為「喝」、「吹」、「咳」、「啞」、「吐」和動物的鳴叫等全部放在《口部》。也就是說，「言」具有表示人的言語行為的類別表義功能，「口」則具有表示人和動物的口發出的非言語行為的類別表義功能。

---

1. 這幾個字在小篆裡都從「屮」，都有向上生長或氣味向上冒出的意思。

　　《說文》中形聲字義符作部首，收字較多的，部首又是成字的，大部分在構字時屬於表義構件，而且主要是表示類別義。前面說過，表義功能的構件必須是成字構件，但在楷書中，很多義符由於書寫的緣故，產生了筆形變體，看起來成了非字構件，例如：

　　　　水—氵　手—扌　心—忄　牛—牜

　　　　人—亻　肉—月　子—孑　……

還有一些古文字的表類別義的構件演變為楷書也成了非字構件，例如：

　　　　ᐱ（甲骨）—冂（小篆：mián）—宀（楷書：寶蓋）表示房屋。

　　　　ᐟ（甲骨）—𦥑（小篆：gǒng）—廾（楷書：「弄」、「算」從此）表示雙手的動作。

　　　　舛（小篆：chuǎn）—舛（楷書：「舞」、「舜」從此）表示兩足相背。

　　上述這些非字構件，因為從來不單獨使用，所以不成字，它們的聲音是人為擬定的，但它們的構意功能仍然屬於表義功能，而且大部分是表示類別義的。

　2.表示個體義

　　有些表義功能的構件表示個體的意義，與類別無關。

例如：「炙」中的「月」（肉）只表示被火燒灼的肉。「黍」中的「水」只表示種稻水田中的水。「寶」中的「宀」只表示寶物是藏在屋裡的。「掰」中的雙手，只表示把物件掰成兩半的手。「斷」中的「斤」，只表示將絲砍斷的那把斧頭……這些構件的表義功能屬於具體的字，它們對全字構意的作用是個體的。

表義構件與表形構件的區別在於：

表義構件給構意提供的作用是概括的語義，而表形構件給構意提供的是與事物相關的具體形象。凡用表形構件構成的合體字，它們在整個字的結構中的位置和置向都是與物象一致的，因而是不能隨意更動的，可觀察以下漢字中金文、小篆和楷書構件「水」構意的比較：

上面各組字形中，第一個是金文，金文字形中的「水」，有些雖已經成「水」形，但它們各自存在的狀態不同——有的是盆中的水（監、益、盥），有的是河底的水（沙），有的是流淌的河（衍、涉），所以形體各異。再看它們與其他構件的位置關係——盆中水都放在器皿內 ， 與人有關係

的，「監」的人身在旁，眼睛在上俯視；「盥」的兩手在兩旁。「沙」應當轉動 90 度，可見水少而沙見的情狀；「衍」是水朝大海流淌的情狀，可見河的兩岸；「涉」表示過河，也可見河道，兩足放在兩岸，方可顯示「渡過」的意思。這些構件都屬於表形構件。第二、三是《說文》小篆和楷書，除「監」和「益」還承襲了金文的構形狀態外，其他四字的「水」都已經是語言中概括的「水」，只說明這些字與「水」有關，位置也一般放在左邊，不再用形體與物象對應了。

三、構件的示音功能與示源功能

構件在構字時與所構字的語音相同或相近，用提示語音的方法與同類字區別，即有示音功能。例如「榆」、「松」、「桐」、「梨」、「桃」、「楓」是表示不同樹名的字，「俞」、「公」、「同」、「利」、「兆」、「風」這些構件分別與全字的讀音相近或相同，承擔的是示音功能。通過這些示音構件，可以將「榆」、「松」、「桐」、「梨」、「桃」、「楓」所對應的樹名提示出來，並與其他樹名區別開來。

為什麼我們不把聲符的功能稱作「表（標）音功能」

而稱「示音功能」？這是因為，漢字的聲符本質上不是用來標音，沒有指讀字音的功能。由於方言的差異，構字所採用的聲符不論在哪個地區，都不可能每個字與所構字絕對同音，大部分只能近似。由於語音的演變，聲符與所構漢字之間的聲音聯繫有的已經距離很遠，大部分也只能近似。漢字的聲符要起的作用只是在義符表示的意義類別範圍內，區別出文字表示的個體事物。例如，在表示女性的「女」旁諸字中，用「馬」、「且」、「未」、「古」、「夷」、「審」等聲符，區別出「媽」、「姐」、「妹」、「姑」、「姨」、「嬸」等與女有關的字，然後按照語言的實際讀音來讀這些字。正因為聲符如果不與語詞結合無法確定準確的字音，所以，如果沒有把握某個詞語，光憑聲符，任何人都不敢貿然讀出這個字的聲音。正是因為聲符對字音僅有提示作用，不需要準確標音，漢字才具有超方言的特點。

　　在具有示音功能的構件中，有一部分還同時可以提示詞源意義，也就是具有示源功能。這是由於一部分形聲字屬於源字的分化字。第二講裡我們曾經說過，漢字中的形聲字大部分是增加義符分化的結果。在分化形聲字中，有兩種是用源字作為形聲字的聲符的：

1.廣義分化字

源字具有廣義，加義符分化出其中某一類範圍較狹小的意義。例如：

「正」分化出「政」、「証」、「征」、「整」等字。

「北」分化出「背」、「邶」等字。

「勾」（句）分化出「鈎」、「笱」、「岣」、「苟」、「佝」、「者」、「駒」、「狗」、「局」、「拘」等字。

「冓」分化出「溝」、「購」、「媾」、「遘」、「篝」、「覯」、「構」等字。

「申」（电）分化出「伸」、「紳」、「神」、「呻」、「電」等字。

「侖」分化出「輪」、「淪」、「論」、「掄」等字。

2.引義分化字

源字有眾多引申義，加義符把某一個引申義分化出來。例如：

「心」分化出「芯」；「坐」分化出「座」；

「齊」分化出「劑」；「元」分化出「冠」；

「弓」分化出「躬」；「責」分化出「債」。

　　這兩種形聲字的聲符就是分化前的源字，所以除了有示音功能外，還同時有示源功能。這種現象又稱作「右文現象」，嚴格說，它不是文字現象，而是語言現象在文字上的反映。所以稱作「右文現象」，源於宋代所起的「右文說」。宋代沈括 (1031–1095) 作《夢溪筆談》，其書卷十四說：「王聖美治字學，演其義以為右文。古之字書皆從左文。凡字，其類在左，其義在右。如木類，其左皆從木。所謂右文者，如戔，小也。水之小者曰淺，金之小者曰錢，歹而小者曰殘，貝之小者曰賤。如此之類，皆以戔為義也。」對「右文現象」的正確認識，是漢語詞源學的一個重要課題，漢字構形學裡不宜多說。這裡我們只需要明白兩點：第一，右文現象是存在的，其原因為源字的分化。但源字用自身作聲符來分化詞的廣義和引申義並不是普遍現象，認為示音構件都同時有示源功能，是不科學的。就文字學而言，提示意義來源只是一部分示音構件附帶的功能。第二，構件的示音功能同時具有示源功能，並不等於形聲字就變成了會意字。一部分示音功能的構件提示的是詞源意義，也就是漢語單音詞產生時音義結合的來源，與表義功能提示的類別義和個體義完全是兩回事。

四、構件的標示功能

構件不獨立存在，而是附加在另一個構件上，起區別和指事作用，即具有標示功能。承擔標示功能的構件一般為非字構件。標示功能有兩種不同的情況：

1.只有區別作用的標示構件。例如：

甲骨文的 ⼩ （少）與 ⼩ （小）區別，所加的點具有標示功能。

甲骨文的 ⼓ （旬）取 ⼓ （云）的下面的象形部分，加斜點以區別，斜點具有標示功能。

甲骨文的 ⼨ （尤）取 ⼨ （又）字加短橫以區別，短橫具有標示功能。

甲骨文的 ⼦ （千）取 ⼈ （人）加短橫以區別，所加短橫具有標示功能。

甲骨文的 ⽩ （百）與 ⽩ （白）上加一橫以區別，一橫具有標示功能。

隸、楷的「太」與「大」區別，所加的點有標示功能。

這種構字的方法，是取被區別字的意或音，從被區別字形體上選擇一個合適的位置加上一個標示符號，標示的

目的是表示自身與被區別字不同，其構意即是標示區別。

2.既有區別作用又有指事作用的標示構件。例如：

小篆的「亦」作 灾 ，是「腋」的古字，字形為一正面人形，用兩點指示腋下，這兩點即是起指事作用的標示構件。

小篆的 卒 （卒）只在 衣 （衣）上加一斜的線條，表示兵卒衣服上的標誌 ， 斜線條即是起指事作用的標示構件。

「刃」中的「ヽ」用以指示刀刃之所在。

「末」上面的一橫指示出樹梢的位置，「本」則因指示樹根的位置而將一橫置於「木」下面，它們都是起指事作用的標示構件。

這種標示符號的位置與它要標示的事物有關，也就是說，它既用來和不加標示符號的字區別，又用所加的位置同時體現構意。

具有以上四種功能的構件，我們分別稱為表形構件、表義構件、示音構件、標示構件。

從以上所述漢字構形的四種構意功能可以看出，不論是哪種功能，前提都是表意漢字構形和構意的統一，正因為不論哪個時代、哪種字體的結構，都可以從構形中分析

出構件的功能來，漢字才可以按構意講解，按構意拆分。
構意功能的重要意義正在於此。

五、構意喪失與記號構件的出現

　　漢字在發展過程中，總有一部分構件在演變中喪失了
構意的功能，變得無法解釋，我們稱這些構件為記號構件。
例如：

　　「執」在甲骨文中作🈂，像罪人兩手被銬在桎梏之中，
金文作🈂，小篆沿襲金文作🈂，楷書隨之演變為「執」，
左邊的「幸」原是表示手銬的表形構件，隸變楷化後失去
象形性，又沒有變成相應的成字而義化，也不能成為其他
構件的變體，因此淪為記號構件。

　　楷書「塞」與「寒」的中部因粘合而變形，無法解釋，
失去構意。將二字分別上溯，至小篆始見端倪：

　　🈂《說文》：「寒，凍也。从人在宀下，以茻薦覆之，
下有仌。」

　　🈂《說文》：「塞，隔也。从土，从窒」「窒，窒
也。」

它們各有各的構意，中間的部分並非同一個構件，是分別

由不同的幾個基礎構件粘合而成的，在楷書裡，中間部分
已經是記號構件。

「秦」、「春」、「春」、「泰」的上部，都是兩個以上構
件粘連而成、無法再行拆分的非字構件，完全失去了可解
釋性，變為記號構件。這組字中的記號部件看來是同形的，
其實，它們和上一組一樣，在粘合之前的成分除了「秦」
與「春」有聯繫以外，其他並不完全一樣，上溯到小篆就
可以看出：

記號構件只有構形作用，它的構意功能如果不經過溯
源，無法解釋。這些構件彼此沒有對應性，無法根據構形
歸納在一起。尤其是其中的粘合構件，粘合之前的狀態彼
此不同，也無法分析為某種結構的變體。

記號構件屬於沒有構意的構件，所以不能跟上述四種
構件置於同等地位，它們與具有不同構意功能的構件形成
總體的對立。

第六講
漢字的構形模式

　　「六書」是漢字學不滅的主題，漢字學也稱「六書學」，但「六書」的實質是什麼？有各種各樣的看法。其實，「六書」的前四書就是人們公認的 4 種構形模式。結構規律的反向操作就是解構的規律，因此「六書」又成為漢字字形釋讀的方法。後二書則是對釋字方法的補充。但「六書」對從古到今的漢字難以完全涵蓋，這就引起我們對漢字構形模式更全面的探求。

　　在明確了漢字構形的元素和構件的構意功能後，我們採用一種「結構—功能」分析法來討論漢字的構形模式，可以說：構形模式是指構件以不同的功能組合為全字從而體現構意的諸多樣式。第五講談到，綜觀自甲骨文以來各種字體的構件，它們在全字中所具有的構形並體現構意的功能共有 4 類，只要考察每一個已釋字直接構件的功能，就可以對漢字的構形模式作窮盡的分類。用這種分析法可以深入理解「六書」。前面也說過，記號構件沒有直接體現構意的功能，所以，含有記號構件的合體字無法界定它的模式，我們到本講最後再去討論。

一、單構件模式

單構件字只有 1 類，早期古文字中的單構件字大多是象形的，它們不由其他構件組合，因此構意比較簡單，主要靠象物性支撐。晚期今文字中有一部分傳承字與古文字一脈相承。另一部分單部件字是在隸楷系統裡不能再行分析了，成為單部件字，但在溯源後仍可見其組合狀況。

1.全功能零合成字

它是由一個單獨的成字構件也就是一個形素構成的，或者說，它從一開始就無法再行拆分。由於獨體字沒有合成對象，我們取語言學的「零」概念來指稱它；也因為它沒有合成對象，組成它的形素必須既表形義又示音，所以是全功能的。全功能零合成字有兩種類型：

⑴傳承式

傳承式零合成字是由古文字的獨體象形字直接演變來的。大量獨體字在演變中一直沒有發生結構模式的變化。例如 [1]：

---

1. 下面的字形，依甲骨文、金文、小篆（小篆前出現的是《說文》古文或籀文）、楷書排列。

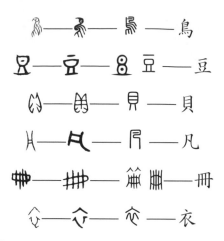

(2)粘合式

粘合式零合成字是古文字階段的合體字，是經過隸變、楷化發生變異，構件粘合而無法再分析的字。例如：

甲骨文、本是同一字的異體，金文與、小篆與承襲甲骨文，但兩個異體字分化為「史」和「吏」。兩字均可分析為从「中」从「又」的合體字，楷書上下部件均粘連為「史」和「吏」，無法再行拆分，在它們自身的系統裡成為零合成字。

金文與對照，構意的思路是一致的，以手握兩禾表示「并有」，小篆繼承金文，字形作，解釋作「并也，从又持秝。」又補充說：「兼持二禾，秉持一禾。」（「秉」解釋作「禾束也，从又持禾」）到小篆為止，「兼」

還是多部件的字。楷書作「兼」，「兼」重合了兩個「禾」的第二筆，分別減去了第一個「禾」的捺和第二個「禾」的撇，粘合為一體，在楷書系統裡成為粘合的零合成字。

粘合的零合成字多半在隸楷階段產生，粘合式漢字是漢字發展中的演變現象，與傳承式零合成字在本質上是不同的。

二、加標示構件的模式

漢字在以舊字構造新字時，最容易的辦法，是用簡單的符號區別新字與舊字。舊字是新字的背景，新字在舊字被標示的地方產生構意。根據新字與舊字在形、音、義哪一方面相關，這種模式可以分為 3 類：

1.標形合成字

新字與舊字在表現的物象上相關，而用簡單的符號區別，也就是一個表形成字構件加上標示構件，以標示物體的位置，增加與形體相關的信息，即為標形合成字，例如：

甲骨文的 ⿰（刃）是 ⺁ 在刃口的位置上加一個點構成的。這個點標示刀刃的位置來體現構意。「刀」是表形構件，「丶」是標示構件，屬於標形合成字。

金文 ⚊（叉）、小篆 ⚊ 都是在表形構件「又」（手形）中加一個標示的點或小橫，提示兩隻手手指交互叉入。

甲骨文的 ⚊（甘）是表形構件 ⚊（口）中加一橫，標識口中的滋味。⚊（曰）則把標識的一橫加在口上，表示申說。與「甘」對照，滋味在口中，而申說之氣出在口外。金文與小篆的「口」分別作 ⚊ 和 ⚊，而「曰」分別作 ⚊ 和 ⚊，與甲骨文一脈相傳。

以「木」為背景，分別在其下方、上方、中間加上標示構件，產生了「本」（樹根）、「末」（樹梢）、「朱」（樹幹）[2] 三個標形合成字。現在把它們不同字體的構形分別列出，可見古今文字的相承關係：

甲骨文：⚊ —— ▲　　　　—— ▲ [3] —— ⚊

金文：　⚊ —— ⚊　　　—— ⚊ —— ⚊

小篆：　⚊ —— ⚊ ⚊ [4] —— ⚊ —— ⚊

---

2. 《說文》釋「朱」為「赤心木」，是以「朱色」為其本義，而與「本」、「末」對照，此字應是「株」的本字，構意釋成樹身，更為妥當。

3. ▲表示甲骨文中沒有相應的「本」、「末」兩字。

4. 此字為《說文》古文，與金文相承。

2.標義合成字

新字與舊字在語言意義上相關，而用簡單的符號區別，也就是一個表義成字構件加上標示構件，以標示二者的區別，即為標義合成字。標義合成字與作為背景的舊字通常是近義字，大部分也是舊字的直接分化字。例如：

甲骨文的 𡭔（少），以 𡭔（小）為背景，再加標示構件一點，以表示其與「小」意義相關而不同。

甲骨文的 大、金文的 大 和小篆的 大 都畫一個正面的人形，《說文》解釋這個形體說：「天大地大人亦大，故大象人形」，楷書「大」承襲古文字的構形。「太」專用作「最上」、「最原始」的意義，「太一」、「太上」、「太古」等，可見「太」的詞義。「太」是「大」的直接分化字，加一點以與「大」區別。

小篆 言（言）與甲骨文 言、金文 言一脈相承。金文 音（音）與小篆 音 均在「言」下「口」中加一橫構形。《說文》：「音，聲也。生於心，有節於外謂之音；宮商角徵羽聲；絲竹金石匏土革木音也。从言，含一。」《說文》「意內而言外」，音與言都見於外，二者的區別是標識構件「一」。

標形合成字與標義合成字的區別首先在於作為背景的

字是否象形，標形合成字作為背景的舊字是象形的，更主要的是它的標示構件所標的位置是指事的，與新字的構意有必然的聯繫。而標義合成字的背景字雖然也有些是象形的，但它的標示構件僅僅表示區別而不指事，與構意沒有必然的聯繫。

3.標音合成字

新字與舊字的字音相關，用簡單的符號表示區別，成為標音合成字。在標義合成字中，如果舊字與新字之間有同源孳乳的關係，同時也就是標音合成字，例如上面所說的「小」與「少」、「大」與「太」。早期古文字中，甲骨文裡可見多字為這種構形模式。例如第五講在構件的標示功能一節所舉的例子：

甲骨文的 ∫（旬，邪紐真韻）與 ∫（云，匣紐文韻）音近，取「云」下面的象形部分，加標示構件斜點以區別。

甲骨文的 犬（尤，匣紐之韻）與 彳（又，匣紐之韻）音近，取「又」字加標示構件短橫以區別。

甲骨文的 彳（千，清紐真韻）與 彳（人，日紐真韻）音近，取「人」字加標示構件短橫以區別。

甲骨文的 白（百，幫紐鐸韻）與 白（白，並紐鐸韻）音近，取「白」字上加標示構件一橫以區別。

標音合成字裡的聲音應當是造字當時及當地的語音，殷商古音系統研究未備，上面標注的是周秦古音。

三、兩個以上表形表義構件組合的模式

1.會形合成字

兩個以上的表形構件組合在一起 ，表示一個新的意義，即為會形合成字。會形合成字都是形合字，也就是說，這種合成字不但構件是以物象體現意義，而且按物象的實際狀態來放置構件，即以形合的方式來組合。只有古文字才有會形合成字。這種模式在前幾講已經看過很多，這裡再舉出一些：

甲骨文：①𤔲（興），②􀀀（北），③􀀀（向），④􀀀（夾）

金文：⑤􀀀（舉），⑥􀀀（客），⑦􀀀（毓），⑧􀀀（州）

甲骨文「興」以四隻手抬物表示「起」的意思，「北」以兩個背對背的人表示相背，「向」 以房屋的通口表示窗戶，「夾」以腋下的兩人表示夾持，金文「舉」以四隻手支撐工具將物支起表示高舉，「客」以人、腳進入房內開口說話表示客人，「毓」 以母親、倒置的 「子」和血滴表示生

育，「州」以「川」中的陸地表示水中可居者。這些會形合成字都是用兩個以上表形構件組合而成，又以事物的實際狀態為依據來平面組構成字。

2.形義合成字

用表義與表形構件組合在一起，表示一個新的意義，即為形義合成字。例如：

「興」字發展到小篆，構形作 ，是從甲骨文加「口」的 形演變來的，構形四手相對，是表形構件，中間加「同」字表示「共同」。是用表形與表義兩種構件組合而成的。

「柬」 字金文作 ，小篆構形作 ，由 「束」 和「八」 組成。《說文》：「柬，分別簡之也。從束，從八。八，分別也。」徐鍇《說文繫傳》：「開其束而柬之也。會意。」王筠《說文釋例》：「柬字從八，而八不在外者，於束中柬擇之，不可於束外柬擇之也。」「束」像枝葉被捆縛狀，是表形構件，中間加「八」，「柬」有把捆在一起的東西分揀出來的意思，「八」有「分別」義，是表義構件。所以「柬」為形義合成字。

小篆的 是由金文 簡化而成的。「鬲」是烹飪器，上有米，旁邊是蒸汽上出的形狀。「鬲」、「米」均已成字，

可以作為意義信息，蒸汽的形狀仍為表形部件，此為形義合成字。

前面所說的小篆 果 、 番 、 罨 ，都由一個未成字的古文字遺留下來的表形部件和一個成字的表義構件組成，只有雙方合成才能顯示構意。

甲骨文 吕（旦），金文作 ，均表示日之初生，下有光暈。「日」已成字。小篆作 旦 ，將光暈改為一橫，《說文》：「一，地也。」仍為表形的非字構件。

茻 、 莽 ，二字在小篆中均從 茻 ，《說文》 給予「茻」 mǎng 的讀音，其實這個符號並未單獨使用過，朱駿聲《說文通訓定聲》說：「經傳草茻字皆以莽為之。」這就是說，茻字的讀音是附會「莽」音而設。確切的說法是：茻表示草叢，為表形構件，日落草叢中為「莫」（暮），犬在草叢中跑為「莽」，與「奔」同意。這兩個字都應定為形義合成字。

甲骨文 「族」 字作 ，金文作 ，《說文》 小篆作 族 ，都是由表示旌旗之游的表形構件加上已經成字的「矢」構成的，是箭簇的本字，屬於形義合成字。

形義合成字實際上是會形合成字與會義合成字之間的過渡模式。有的偏重形合，表義構件只是給表形構件增加

一點意義信息；有的偏重義合，表形構件只是尚未演變成字而已。

3.會義合成字

用兩個以上的表義構件組合在一起，表示一個新的意義，即為會義合成字。會義合成字的構意，是由表義構件所提供的諸多意義信息共同表示的。例如：

「友」，小篆作 ，從兩「又」，以一人之手外加一人之手，協助者為友。

「匠」字從「斤」，匠人的工具，從「匚」，匠人的工具箱，或所作之器，兩個表義構件提供的都是與匠人有關的意義信息。

「占」由「卜」和「口」會「卜問」義。

「析」從「木」和「斤」，構意為用斧剖析木頭，為「分析」義。

「炙」以從「火」從「肉」的構形，會合為「用火烤肉」的構意，表示「燒灼」義。

會義合成字多為兩個構件合成，也有多個構件的。多構件的會義合成字以平面結構為多。例如：

「解」字從「角」、從「牛」、從「刀」，用以刀剖解牛角表示「解析」的意思。

四、示音構件介入的構形模式

漢字的成字構件均有音義兩種屬性，因此可以同時具有表義與示音兩種功能。上面所說的 3 大類 7 小類構形模式，除了標音合成涉及音以外，其他 6 種都沒有聲音的介入，因此，構形的區別因素是不夠的。漢字有了示音構件的介入，就有了更先進的區別手段，字面所含的信息量也更多樣化了，在漢字構形歷史上，是一大進步。

1.形音合成字

用表形構件與示音構件組合，即為形音合成字。這種模式在甲骨文是一種很重要的模式。甲骨文中的一些象形字，出於區別或更便於識別的原因，再加上一個示音構件，以增加字音的信息，便成為形音合成字。例如：

甲文中的「鳳」、「雞」、「星」與小篆中的「齒」等，原來都是象形字，以後又增加了「凡」、「奚」、「生」、「止」這樣的示音構件，使字面所含的信息更為豐滿。

①鳳的象形構件，加示音構件（凡）。

②雞的象形構件，加示音構件（奚）。

③星的象形構件，加示音構件（生）。

④齒 齒的象形構件，加示音構件 止 （止）。

以上四例，象形構件有明顯的象物性，但沒有發現單用的用例，也就是沒有它們獨立記詞職能的證據，只能認為它們還沒有成字，屬於非字構件。加上示音構件以後，原來的象形構件被示音構件強化，形音並舉，表形構件的作用更為突出。其實，我們完全可以推測，這些酷似物象的象形構件，在圖畫文字時期應當是被單獨應用過的，它們本來具有聲音，後來添加的聲符，不過是原來字音的顯現而已。

在形音合成字中，有一類合成與前幾例不同：

⑤甲骨文 本是蠶的象形字，單獨使用，成為零合成字，有記詞職能，說明它本來就有音，金文加上 （虫）作 ；小篆承襲金文也有表類別義的構件 （虫） 作 。最後構成的音義合成字，表義構件是由象形構件義化而來，示音構件就是原有的象形構件，本來就有音。與上面四個例子不同的是：上面四例是用聲符強化獨體象形字；本例是用義符強化獨體象形字。

2.義音合成字

用表義構件與示音構件組合，即為義音合成字。義音合成字就是典型的傳統形聲字。 它以表義構件來體現義

類，又以示音構件來提示讀音，形成了同類字以音區別，近音字以義區別的格局。《說文》中示音構件介入的字已經占到將近 90%，絕大部分是這類義音合成字。以表示植物的形聲字為例，「艹」、「木」、「竹」、「禾」是《說文解字》中表示植物的四個大部首。它們所轄字的總數除去新附共 1195 字，占整個《說文》含重文 10594 字將近 11%，如果再加上與植物相關的小部，應當不低於 11%。這是因為中原地帶在秦漢時期生產已經以農耕為主，漢字的造字取象向植物發展是必然的。四個部首的劃分說明古代對草本植物與木本植物已經分得很清，對種植的草本植物與野生的草本植物也已經劃分清楚。「竹」，《說文》解釋作「冬生草也」，可見是把它看成草本植物。「禾」是農作物的總稱，「艹」是草本植物的類別標誌，「木」是木本植物的類別標誌。四個部首統轄的字數如下：

	艹	木	竹	禾
正篆	445	421	144	87
重文	31	39	15	13
新附	13	12	5	2
總計	489	472	164	102

義音合成字的表義構件多為表類別義的構件，而每類

義音合成字的多少，是與語言中這類詞的多少緊密相關，每類詞的多少，又與這類事物和人類生活的關係密切到什麼程度相關。

《水部》是《說文》中攜字最多的一個部首，《水部》是個大部，共有 464 個條目。部內按意義可分成以下八段：

水　　：部首⋯⋯⋯⋯⋯⋯⋯⋯⋯⋯⋯⋯⋯⋯⋯ 1 字

汃—海：水流名⋯⋯⋯⋯⋯⋯⋯⋯⋯⋯⋯⋯⋯148 字

溥—淸：水流聲、水流貌⋯⋯⋯⋯⋯⋯⋯⋯⋯97 字

淖—汥：水域及泥、沙等與之相關的事物⋯⋯⋯29 字

洫—決：水利及人在水中的行為⋯⋯⋯⋯⋯⋯41 字

淒—濛：雨水及下雨的狀態⋯⋯⋯⋯⋯⋯⋯⋯17 字

沈—湫：水狀貌⋯⋯⋯⋯⋯⋯⋯⋯⋯⋯⋯⋯⋯33 字

潤—汨：飲水與用水以及人的體液⋯⋯⋯⋯⋯98 字

義音合成字的表義構件是用來表示類別的，這種構形模式形成了同類者以音別，近音者（含一部分同源者）以類別的格局。加之義音合成字的構件必然都是成字構件，同一字樣既可於此字充當表義構件，又可於彼字充當示音構件，在形素的使用上非常經濟，因此，它逐漸成為今文字的主體。可以下兩列義音合成字為例：

A 組：跳　洮　逃　桃　挑　姚　窕

B 組：語　議　論　証　試　記　謀

A 組字音都與「兆」相近，以「足」、「水」、「辵」、「木」、「手」、「女」、「穴」表示其義類而區別；B 組字義都與言語行為有關，以「言」充當它們共同的表義構件，而又以「吾」、「義」、「侖」、「正」、「式」、「己」、「某」提示其聲音而區別。

　　這裡特別要提出示音有示源功能的構件組成的義音合成字。這些字凡示音構件一樣，就具有同源關係，共同的示源聲符成為它們之間同源的標記。例如：

　　⑴示源聲符「冓」組成的義音合成字：構（交積材）、溝（縱橫交集的水渠）、購（懸賞，發展為交易，物物交換或財物交換）、遘（對面相遇則交）、媾（重複結姻）、篝（用竹子交錯編成的薰籠）。

　　⑵示源聲符「句」組成的義音合成字：句（以勾示一句）、局（全部的縮小）、拘（約束使曲）、駒（小馬拘曲而生）、狗（小犬拘曲而生）、佝（彎曲身體做事）、笱（用竹子彎曲編成的捕魚工具）、鉤（曲形工具）。

　　⑶示源聲符「羊」組成的義音合成字：祥、養（給養、

生養、育養）、庠（虞舜時的養老院）、氧（長養之氣）、翔
（高飛）。

　　⑷示源聲符「肖」組成的義音合成字：稍（禾苗末端
漸小處）、艄（船尾）、霄（雲端，視覺漸小）、鞘（鞭末端
細小處）、梢（樹枝末端漸小處）、消（水消減）、銷（金消
減）、削（用刀使減少）。

五、綜合合成模式

　　上述 4 類 9 種構形模式，對有些字來說，可以交叉綜
合。所謂綜合模式，是由多個表形、示音、表義、標示構
件一次合成的。例如：

　　⑴小篆「葬」作 𦵏 ，《說文》：「葬，藏也。从死在茻
中。一其中，所以薦之。《易》曰：『古之葬者，厚衣之以
薪。』」从「茻」與「莽」、「莫」同意，為表形構件，从
「死」為表義構件，依照《說文》的解釋，「一」為指事形
的標示構件，全字為綜合合成模式。

　　⑵甲骨文「春」作𣞤，从兩木，表形；从日，表義；
屯聲。屬於綜合合成模式。比較另一形體𣈙，小篆承襲之
作 𣎤 ，則為義音合成模式。

122

(3)金文的「漁」作🐟，含三個構件，從兩手表形，「魚」表形兼示音，「水」表義。合成「捕魚」的意義，屬於綜合合成模式。比較另兩個形體🐟和🐟，後者完全是會形合成。

如果把綜合合成模式分作有音與無音兩種，上述構形模式為 11 種。這 11 種構形模式大約可以涵蓋從甲骨文到楷書的絕大部分構形方式。這種分析方法是出於構形與構意統一的原則來確立的，從兩個方面來確定構形模式——第一是哪些構件參與結構，第二是這些構件具有何種構意功能。所以稱為「結構—功能」分析法。

六、用結構—功能分析法理解「六書」

在說到「六書」之前，還要先說到另一種傳統分析漢字的角度。這種分析的角度，是按照漢字結構的複雜程度，把漢字分為獨體字和合體字兩部分。章太炎先生又加上了準獨體字這種邊沿現象。如果把獨體字界定為只有一個構件的字，則相當 11 種模式中的零合成字；如果把準獨體字界定為一個成字構件加一個非字構件的字，則相當於 11 種模式中的 3 種有標示構件參與的模式，其他的就都是合體

字了。章太炎先生還在合體字裡加上了一種雜體字，也是一種邊沿現象，即在數個成字構件之外還有非字構件參構，這種雜體字當然也就包含在 11 種模式中的兩種綜合合成字裡了。

漢字從古到今，構形模式在簡化之中，自今文字以來，構件就沒有表形功能了，因此，有表形構件參與的模式也就隨之消失，也就是說，11 種模式只剩下 7 種，這就是構形系統的簡化。

小篆經過許慎的規整，首先把組字的構件都成字化，都有了音和義，也就是加以義化，只有獨體字才是象形字，因此，他把構件的功能簡化為表義、示音和標示三種，構形模式也就簡化為前四書了。前四書無法涵蓋其他字體，特別是古文字字體，也是必然的。一般人勉強用前四書分析各類漢字時，常按小篆把獨體字稱作象形字，採用標示構件的字稱作指事字，有示音構件的都籠統稱形聲字，沒有示音構件的都籠統稱會意字，這種稱謂可以和 11 種模式形成以下的對應格局：

1	全功能構件＋○	零合成字	獨體字	象形
2	表形構件＋標示構件	標形合成字	準獨體字	指事
3	表義構件＋標示構件	標義合成字		
4	示音構件＋標示構件	標音合成字		形聲
5	表形構件＋示音構件	形音合成字	合體字	
6	表義構件＋示音構件	義音合成字		
7	示音構件＋各類構件	有音綜合合成字		
8	表形構件＋表形構件	會形合成字		會意
9	表形構件＋表義構件	形義合成字		
10	表義構件＋表義構件	會義合成字		
11	各類構件（無示音）	無音綜合合成字		

　　在用結構―功能分析法把漢字分成 11 種模式以後，可以看出這種勉強用前四書分析各類字體的做法確實有削足適履的弊病。比如，前面已經說過，會形合成字與會義合成字在特點上是很不一樣的，會形合成字的構件所居的位置是與構意有關的，如果在考據時把構件位置不同的會形合成字釋為同一個字，勢必要產生誤失。又如，傳統獨體字在小篆裡的確絕大部分還保留象物性，但是這些字在隸變、楷化以後已經義化，再稱為象形字很不妥當。楷書中相當一部分獨體字是粘合而成，如果用獨體象形字的觀念去看，更是難以理解了。再如，甲骨文裡的標音合成字，

用標示構件來分化同音字，它既不能進入形聲字——因為其中沒有表義或表形構件，又不都用成字構件構成；算作指事字也不妥當——因為它有示音的要素，傳統「六書」裡找不到它的位置。所以，我們現在用「結構—功能」分析法確立的構形模式，對各時代的漢字都可以囊括，它體現了「六書」的基本原理，避免了「六書」的局限，也能涵蓋前四書，在理論上和操作上應當是可行的。不過，「六書」的影響實在太大了，在普及的領域裡，有時還不得不使用它來大致界定漢字的構形、解釋漢字的構意，但有了對結構—功能分析的全面認識，對「六書」條例的使用，可以更慎重一些，力求不產生失誤。

七、對理據喪失與半喪失字的處理

上述 11 種構形模式，是由構件 4 種功能組合而成的，如果合成字的直接構件裡有一個是記號構件，這個字就不可能界定構形模式，統稱為構意半存字，依據保存構意功能的那個構件的功能，我們分別稱其為部分存義字或部分存音字。前者如「春」、「秦」、「雞」、「區」等字，由於漢字存義的機制大於存音的機制，後者比較少，如「旁」、

「旗」等字，就比較典型。

　　如果合體字的兩個構件都是記號構件，說明這個字構意完全喪失，我們稱為無構意字，「卿」、「童」、「音」、「執」、「并」等字均屬此類。

　　需要說明的是，「要」、「它」、「朋」等字，如果看成合體字，也應屬於無構意字，但是它們實際上是傳承式的獨體字，仍然處理為獨體字，可以與「象」、「虎」、「木」、「舟」等字同樣對待，不按無構意字處理。

第七講
漢字構形的共時認同關係

前面幾講已經把分析每一個漢字的程序和方法進行了逐一的講述，下面要解決的問題是兩個以上的漢字比較其異同，建立起應有的關係。先解決共時的漢字——也就是在同一時期使用的統一字體的漢字——認同別異的問題。解決這個問題首先要分解出漢字構形的屬性，在分解漢字的構形屬性之前，先要知道漢字總體有哪些屬性，把構形屬性放到總體屬性裡去觀察。

一、漢字的構形屬性

屬性是對象的性質及對象之間關係的統稱。事物的屬性有的是共有屬性，為一類事物都具有的屬性，用以將本類事物認同到一起；也有的是特有屬性，為同類事物中每個個體獨有而為別類對象所不具有的屬性，人們通過對象的特有屬性來確定它和其他同類事物的區別。

屬性是全面描寫一個漢字構形必須涉及的方方面面，也是比較多個漢字異同需要涉及的各種參數。任何事物都

有表象，表象是人們憑感覺籠統的印象，根據表象來判斷事物容易出錯，需要概括出事物的屬性，通過各種屬性來認識事物，並比較事物之間的異同，建立彼此之間的關係。屬性是從表象中提煉出來的，是科學分析的結果。

　　遵循以上的科學方法，分析一個漢字，都有自己不同於其他字的特點。這些特點需要從不同的角度來構成一個參數系統。漢字的全面屬性首先要分成以下幾項：構形屬性、書寫屬性、字用（職能）屬性。依層次列在下面：

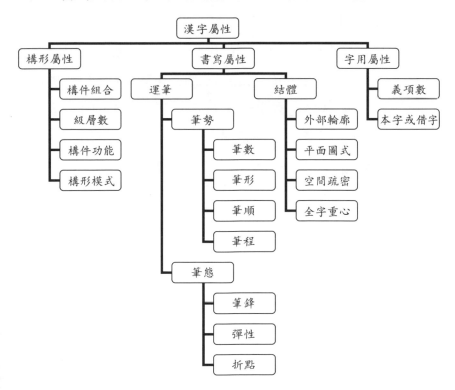

　　在漢字的應用中，以上三類屬性都是十分重要而且相關的。討論漢字的構形，也常常要涉及其他的屬性，但是在一切屬性中，構形是漢字最基礎的屬性，無形不成其為字，無形不需書寫，風格無所依託，字用職能更無法履行；所以，我們在這裡專門討論構形問題，其他屬性就另找機會詳細闡述了。

　　根據上面幾講對漢字構形的分析，我們可以知道漢字就其構形而言，具有以下幾類構形屬性：

　　1.**構件組合的動態特點**

　　漢字組合時有兩種不同的過程，一種是層次結構，一種是平面結構。現代漢字大部分屬前者，如「輝」、「語」、「礎」、「程」等都是層次結構；少部分屬後者，如「磊」、「暴」、「莽」、「解」等都是平面結構，這種構形過程的特點，對漢字的認讀和比較都是非常重要的。

　　2.**結構的級層數**

　　平面結構的漢字由於是一次構成的，所以不存在級層數的問題。對層次結構的漢字來說，結構的級層數是它很重要的屬性。例如，「簿」字的級層數是 3 層，因而有三級構件：

一級構件：竹、溥

二級構件：氵、專

三級構件：甫、寸

構件所處的級層和全字的級層數，在區別形體和分析構意上都是重要的屬性。「昌」和「唱」的區別在於後者比前者多一個構件「口」，也就多了一個層次。

3.各級構件及其功能

漢字由哪些構件構成，這是它最重要的屬性，也是決定字與字區別的關鍵。例如，「桃」與「柳」的相同點在它們都有共同的基礎構件「木」，區別則在它們的另一個構件分別是「兆」和「卯」。「口」和「品」的構件雖然都是「口」，但因為「口」的數量不同，也構成區別。「唱」和「倡」的級層都是2層，最後一層的構件除「昌」所具有的兩個「日」字外，用以區別這兩個字的基礎構件分別是「口」和「亻」。

構件是否相同，不但要看它們的形體，還要看它們的功能。例如，「利」和「和」雖然都含有構件「禾」，但「利」中的「禾」是表義構件，「和」中的「禾」卻是帶有示源功能的示音構件。

在比較漢字的異同時，基礎構件的多少是更為重要的

因素。兩個字只要基礎構件有差異，就可以知道它們必不是一個字。平常漢字很難區別的字，比較它們以同一功能作基礎構件時的構意，就可以分清。例如，「己」(jǐ)、「巳」(sì)、「已」(yǐ) 三個字在楷書裡構形的區別度比較低，只要把握它們讀音的不同，用它們作示音構件的字來區別，就可以清楚：

己－記、紀、忌；已－异；巳－祀、汜

4.構件的組合樣式

構件的組合樣式，包括以下四個方面：

⑴構件的置向

漢字是兩維度造型的方塊字，它的構件也是兩維度的，構件放置的方向可以作為一種造字和區別構意的手段。在會形合成的漢字裡，構件的方向對構意是有直接影響的，例如在甲骨文裡，「止」（腳）向上與向下在「陟」和「降」裡是別義的。金文的「目」縱放一般表俯視，平放則表一般的眼睛或看視：

𦖪（臨）　𥄚（監）　𥇡（眉）　𥄃（見）　𥄉（直）

小篆和隸書、楷書也有用置向表示不同構意的實例，如：「从」中的兩個「人」都是正面向左放置，「比」中的

兩個「人」是向右側放，「北」中的兩個「人」是左右反向側放，「化」中的兩個人是一正一反放置：ⅠⅠ（从）、ⅠⅠ（北）、ⅠⅠ（比）、ⅠⅠ（化）。反正為乏，倒首為県等，也都是這種構形思路的反映。

⑵**構件的相對位置**

漢字兩個維度的造型，給了它另一個區別構意的手段，就是用構件相對位置的不同來別義。例如：

「紋一紊」、「怡一怠」、「忠一忡」、「拾一拿」、「呆一杏」等。

上述各組漢字中，每個字都選用了同形體又同功能的構件，但因構件的相互位置不同而產生了區別。但是，漢字裡也有一部分字相對位置不同而不區別意義的。例如：

「峰一峯」、「概一槩」、「幕一幙」、「蟹一蠏」、「勖一勗」等。

⑶**平面圖式**

漢字在通過一定的模式組構起來以後，構件呈現出平面的布局圖式，這種圖式雖然不是構形屬性，而是書寫時的一種結體樣式，但它也可以區別漢字的結構，是漢字結構靜態的樣式。漢字在古文字時期構形的圖畫性強，平面圖式呈現為個體性的不規則狀態；到小篆和今文字時期的

隸書和楷書正體字，構形改為圖案性強，平面圖式可以用幾何圖形來規範化。《說文》小篆和現代楷書的平面圖式按照國際標準可以確定為以下 12 種：

編號	圖式名稱	圖形表示 [1.]	小篆代表字	楷書代表字
1	獨體	□	夐 粼	鼠 五
2	左右結構		溽 江	明 鍾
3	左中右結構		沝 辮	隴 衍
4	上下結構		育 電	旦 覓
5	上中下結構		龠 羃	靈 竟
6	全包圍結構		回 囚	圖 囧
7	上三包圍結構		間 閜	岡 同
8	下三包圍結構		凶 囟	函 凼
9	左三包圍結構		匠 匜	叵 匡
10	左上包圍結構		麻 房	床 仄
11	右上包圍結構		司 匐	句 勿
12	左下包圍結構		延 直	這 建

---

1. 表中編號 2–12 的 11 種「圖形表示」由 unicode 字符集國際編碼所定，獨體字圖形表示為作者後加。

實際上，不論是小篆還是楷書，構形的平面圖式應當還不止這 12 種，還可以補充以下幾種：

編號	圖式名稱	圖形表示 [2.]	小篆代表字	楷書代表字
1	品字結構		𠱥	鑫
2	田字結構		𦣲	叕
3	多合結構		𣊫	器
4	框架結構		夾 亞	噩
5	上下多分結構		𧮫	薑

這幾種布局圖式在多層次、多構件的字裡是套用的，呈現出很複雜的局面，是用以描寫和區別漢字構形的屬性。

⑷**構形模式**

第六講將漢字的構形模式分為 11 種，這 11 種模式是從直接構件功能的結合特點來劃分的。漢字的構形模式直接關係到構形如何體現構意，因而也是區別漢字和認同漢字的重要屬性。

---

2. 此表補充的五種「圖形表示」未定。

二、漢字構形的共時認同關係

漢字的構形屬性可以用來對一個漢字的構形進行描寫，因而也就可以用來比較兩個以上漢字構形的異同，弄清漢字與漢字之間的構形關係。

漢字之間的構形關係可以分兩大類：一類是共時的，也就是在同一歷史時期同時使用的漢字的形體關係；另一類是歷時的，也就是在不同的歷史時期，構形的傳承和演變關係。這裡先講共時的構形關係。對共時漢字進行認同，是在不同層次上進行的：

1.字樣的認同

在同一種形制下，記錄同一個詞，構形、構意相同、寫法也相同的字，稱作一個字樣。字樣不計風格、不計大小、不計運筆和結體的特點，都可以加以認同，歸納到一起。例如：

前面兩組字「教」和「懷」都是楷書 [3.]，書體風格不同，但寫法完全一樣，都屬於同一個字樣。

古文字也有字樣認同的問題。以金文的「皇」字為例：

以上七個金文「皇」字，時期雖不相同，但基本屬於同一形制，構形完全相同，區別只在線條的曲直長短略有差異，它們屬於同一個字樣，可以直接認同歸納。

字樣是漢字認同別異的基礎單位。

2.字位的認同

在同一體制下，記錄同一個詞，構形、構意相同，僅僅是寫法不同的字樣，稱作異寫字，異寫字認同後，歸納到一起，稱為一個字位。

異寫現象在漢字發生早期，由於形體不固定，帶有隨意性，所以大量存在，例如在甲骨文裡，一個簡單的「酉」字，就可以找到幾十種寫法，下面略舉出十二種，可見異寫現象在早期卜辭中的普遍性：

---

3. 見《楷字編》（劉建編，文物出版社，1998 年版，697–698 頁、436 頁）。

前面說到的金文「皇」字都可以歸納為一個字樣，而下面這些字樣，則屬於異寫字，需要歸納為一個字位：

金文「皇」字的構意有不同的說法，一般認為是皇冠的形象，由三部分繪形——光芒、冠、底座。上面十個金文字樣，這三個部分是一樣的，區別在於其中某部分的鑄跡形狀略有差異，可以認為是十個異寫字，歸納為一個字位。

除了早期古文字形體不固定形成的異寫字以外，手寫體的異寫字也大量存在。在漢碑中，隸書「刻」字有多種寫法：

這四種形體，都是「刻」字，左邊從「亥」，是示音構件，右邊從「刀」，是表示類義的表義構件，只是「亥」和「刀」的寫法各異。也就是說，這四個字整體的差異，不是結構要素、結構模式、結構分布的差異，這種差異當然也不會影響它們的構意，因而它們的構形屬性是全然相同的，所不同的是各結構要素內部筆畫上的差異，也就是書寫屬性的差異。可以說，這些形體屬於同一個字的不同寫法，也就是屬於同一個字位。

異寫字有以下幾種情況：

⑴獨體字產生書寫上的差異

例如前面所說的甲骨文「酉」字。《說文》中很多獨體字的重文，多半是來源於不同地域的異寫字。例如：

楷書的獨體字中還有一種情況，屬於隸變字與隸定字的區別。例如：「冄—冄」、「秊—秊」等，前面是自然演變的隸變字，後面是古文字轉寫的隸古定字，均屬此類。

⑵直接構件產生書寫上的差異

例如前面所說的「刻」字的差異。再如：昝—昔、語—語。這兩組也屬於前者是古文字隸定形，後者是隸變楷化的形體。由於直接構件是確定構意的第一要素，所以，只要直接構件的差異不涉及音義，不是本質的差異，僅僅是書寫的差異，就不會影響構意，也就可以歸納為一個字位。直接構件產生書寫差異常常是系統性的，且看下面 4 組異寫字，都是因為同一個直接構件寫法不同而造成的。例如：「删—刪」、「姍—姍」、「柵—柵」、「珊—珊」，均因「冊—

冊」異寫而造成，「塒—塒」、「踩—踩」均因「朵—朶」異
寫而造成。

(3)**基礎部件或過渡構件產生書寫上的差異，間接影響
了直接構件的差異**

例如「轉—轉—轉」。「轉」字屬於層次結構的義音合
成字，由像紡錘的「叀」加「寸」構成示音並示源的聲符
「專」，再加表義構件「車」構成，前面三個字樣中，由於
「叀」字書寫有筆畫上的差異，產生了「叀」的書寫變體，
間接影響了直接構件「專」的形體，形成了不同的字樣。
但這種差異沒有改變「專」的構形與構意，也就不會影響
「轉」的構形與構意，它們只是書寫差異，互為異寫字，
可以歸納為一個字位。

(4)**改變構件相對位置而不影響構意造成的差異**

前面說過，構件的相對位置和平面圖式屬於漢字的構
形屬性，是可以區別構意的，但有些構件相對位置的改變
或平面圖式的改變並不影響構意。特別是楷書的形聲字，
左右結構和上下結構的變化，並不影響它「類同以音別，
音同以類別」的格局。除前面所說的「峰—峯」、「概—槩」
等五組字外，還可以看到更多的異寫字屬於這種情況，例
如：

「峨—峩」、「裏—裡」、「群—羣」、「够—夠」、「鵝—鵞—䳘」、「繁—緐」、「魂—䰟」、「期—朞」、「略—畧」「蟆—蟇」等。

漢字經歷了漫長的歷史，楷書從魏晉時代成熟，至今仍是實用的文字，到了漢字的使用非常廣泛以後，在個人使用漢字這個層面上，由於書寫人的習慣不同，異寫現象會十分普遍。例如很常用的「紹」字，在《龍龕手鏡》裡就有四種寫法，「漫」字有兩種寫法……這些字都是筆畫數中等的字，異寫的氾濫可見其一斑。雖然異寫字的相互差異只是書寫方面的、在筆畫這個層次上的差異，沒有構形上的實質差別，但它的存在也說明，人們對漢字的形體識別，具有一定程度上的兼容性；在高層次的書法領域裡，書法家還常常借助這種兼容性來美化字體，表現個性，所以在上層文化領域裡，個人書寫的層面上，漢字紛亂的寫法是無礙的。但從社會用字的角度上看，這是一種對全社會文化普遍交流不利的現象。特別是在信息時代，在漢字進入電腦以後，異寫現象更是一種消極因素大於積極因素的現象：首先，它增加了一般漢字使用者記憶的負擔，明明是一個字，要記很多形體，在文化普及和基礎教育以及對外漢語教學領域裡，會使教育者與受教育者備受干擾，

增加識字的難度，加大釋讀者的負擔；其次，它影響印刷與漢字信息處理，使排版和打印的字庫增加許多沒有用處的形體，加大電腦的內碼數量，增加找字的困難，字形加多，信息量卻沒有增加；第三，一個字有多種寫法，使用者莫衷一是，必然會影響信息傳播的速度和信度。所以，將異寫字歸納為字位，以一個字位代表字為主形，其他字樣認同而已，不再通行，是漢字整理十分重要的工作。

整理異寫字可以從兩個角度入手：第一，是直接在異寫字中找出一個標準體作正字，其他形體只要能與標準體認同就可以了。第二，是對基礎構件加以規範。由上述各例可以看出，異寫字的形體差異，都是在漢字最小的基礎構件內部產生的，如果我們把漢字的基礎構件規範了，由基礎構件構成的字也就避免了異寫現象。例如，「刻」的異寫字可以由「亥」來規範，「轉」的異寫字可以由「叀」來規範。目前，大陸的《通用規範漢字表》對「規範字」的確立，臺灣的國字整理對「正字」的確立，大量的基礎工作都首先是在解決異寫字的優選和字形標準化的問題。

3.字種的認同

形體結構不同而音義都相同、記錄同一個詞、在任何環境下都可以互相置換的字，稱作異構字。異構字聚合在

一起，稱為一個字種。

　　之前人們常說的「異體字」，包括異構字和一部分他們認為差異較大的異寫字 。 這個認識也容易產生概念的含混。在構形學裡，異構字與異寫字必須分開，因為異構字的構形與構意不同，認同的是它的記詞職能，而異寫字不但記詞職能相同，構形和構意也是相同的。異構字具有兩個必要的條件：一是記錄漢語詞彙的職能相同，也就是說，音與義絕對相同；二是它們在書寫記錄言語作品時，不論在什麼語境下，都可以互相置換。大陸五十年代為了減少使用漢字的字數，公布了《第一批異體字整理表》（簡稱《一異表》）。這個字表涉及的所謂異體字，在字際關係上是多種多樣的，並不都符合上述兩個條件，因而引起異體字定義的混亂。有些學者在尊重《一異表》的前提下，提出了「廣義異體字」與「狹義異體字」之分。但是，異體字作為與分化字、假借字性質完全不同的字際關係，必須堅守上面兩個條件，它只能是「狹義異體字」或稱「嚴格異體字」，構形學裡將嚴格異體字分為異寫字與異構字，也是為了避開《一異表》異體字概念的混亂。

　　異構字在各種字體和不同形制的漢字裡都是存在的。例如甲骨文：

——「文」只繪胸而不出紋身的形體，也有以胸前為背景，繪出紋身而體現花紋構意的形體。

　　——「雨」有以天為背景表現雨滴的形體，也有直繪雨滴不以天為背景的形體。

　　——「漁」的異構現象很複雜，除都有魚身外，分別繪出水、手、鈎、網等形象以表現捕魚的構意。

　　金文的異構現象也很多見。例如：

　　——「聯」的兩個形體分別取以「絲」表示關聯和以兩耳表示關聯，是兩種構形構意的思路。

　　——「冬」，前者以指事符號指在絲的末端，後者以斷絲表示年終。

　　古文字的異構字更多以選擇不同的形象來體現構意而有別，其中很多反映古代的文化生活。

　　現代漢字的異構現象以形聲字居多，少部分涉及會意字與古文字傳承的獨體字。可見以下幾種情況：

　　⑴形聲字聲符不同構成的異構字

　　例如「蚓—螾」、「嫵—嬞」、「吃—喫」、「綫—線」、「球—璆」、「杠—槓」、「麵—麪」……聲符不同，有些是選擇不同，也有些反映了形聲造字時代和地域的不同，這

些資料都是有考音價值的。上述異體字，「蚓」從「引」（《廣韻》余忍切）得聲，「螾」從「寅」（《廣韻》翼真切）得聲。二者不論上古音還是中古音，聲音都是相同的，屬於聲符用字選擇不同。而「球」從「求」（《廣韻》巨鳩切）得聲，「璆」從「翏」（《廣韻》力救切）得聲，就會有牙音「群」紐與舌音「來」紐的糾葛，值得注意。《說文》中有一部分重文屬於聲符不同的異體字，在《說文》學裡，被稱作「聲符互換」，也是很有價值的材料。

⑵形聲字義符不同構成的異構字

在現代漢字中，異構字的形聲字因義符不同而造成的占大多數，這是漢字的表意特點決定的。異構字的不同義符有三種情況：

a. 兩個義符是近義義符，表達的構意差別不大，因此常常重複構字。例如：「跡—迹」、「鷄—雞」、「狸—貍」、「玩—貦」、「竪—豎」、「堤—隄」、「睹—覩」、「耕—畊」、「咳—欬」等。

b. 兩個義符表示字所指事物不同的質地和類別。例如：「杯—盃」、「糕—餻」、「糊—餬」、「繮—韁」、「氛—雰」等。

c. 兩個義符是針對不同的角度選擇的，對於字所指的事

物來說，義符表示了它們共存、共現的屬性。例如：「溪－谿」、「剋－尅」、「侄－姪」、「捆－綑」、「唇－脣」、「鯁－骾」、「蛔－痐」、「阱－穽」等。

義符不同的異構字，對研究人類的認知心理是很重要的材料。

⑶**增加義符構成的累增異構字**

清代王筠在《說文釋例》裡提出了「累增字」的問題，他說：「字有不須偏旁而義已足者，則其偏旁為後人遞加也。……其加偏旁而義仍不異者，是為累增字。」可見增加義符形成的異構字，古已有之。當時累增義符是為了「古義深曲，加偏旁以表之」，也就是為了識別容易而增加意義信息。王筠說這種累增字有兩種情況：「一則既加偏旁即置古文不用者也，一則既加偏旁而世仍不用，所行用者反是古文也。」就今天看來，這種累增字只要積澱到同一時間內共用過，就成為異構字。而這種用累加義符增加意義信息的方法，也被現代漢字承襲了下來。例如：「凳－櫈」、「豆－荳」、「果－菓」、「韭－韮」等。

⑷**形聲字聲符、義符都不相同構成的異體字**

有些形聲字的異構字聲符、義符都不相同，造成這種情況有兩個原因：一個是時代、地域或文體不同，重複造

字，另一個是在多種原因的推動下輾轉造字。例如：

「邨—村」──前者選擇了示源聲符「屯」，取其「屯聚」的詞源意義，以「邑」表示「聚居地」的類義，造字的時代較早；後者屬於後出的俗字，另選了比較通俗的聲符和義符。

「野—埜—壄」──第一個形體以「里」作義符，「予」作聲符（野、予均為喻三，魚韻）造形聲字，第二個形體以「林」為義符，以「土」（透母，魚韻）為聲符造形聲字。第三個形體是前二種的綜合。

(5)採用不同思路、選擇不同構形模式所造的異構字

構形與構意可以從不同的思路考慮問題，也就可以選擇不同的構形模式來設計字形。這種異構字雖然也屬於造字的重複，但仍可看出表意文字字形繁多的特點。例如：

「躬—軀」──前者以屈曲身軀而從「弓」造示源形聲字，後者以躬身與脊梁有關造從「呂」的會意字；

「泪—淚」──前者以眼淚與目的關係而造會意字，後者以眼淚為液體而從「水」造形聲字；

「傘—繖」──前者造象形字，取象於撐開的傘，後者以「散」為示源聲符，構成形聲字。

三、漢字構形共時認同需要注意的事項

1.對「字」概念的確認

什麼是一個字？在傳統的觀念裡，記錄同一個詞的字，就是一個字。這個說法是不夠周全的。首先，在探討漢字構形問題上，僅從職能出發來論定是不是一個字，會影響體系的嚴密性。前面已經說過，形是漢字的本體，確定兩個字是否可以認同，首先要根據它的本體屬性，也就是構形屬性來確定。不這樣做，在討論具體問題時，常常會產生以詞代字的弊病。比如，我們統計一個文本文件裡有多少字，與統計這個文本有多少詞，二者的目的並不完全一樣。統計字的目的，常常是為了把文本上所用的字轉化為字表，以便查檢字用量，或對這些字進行信息處理。在這種工作中，兩個字結構上的差異是不能忽略的，忽略了，就會丟失信息。

從以上分析可以看出，同一個字樣可以說是一個字，同一個字位中的異寫字也可以說是一個字。我們可以優選出其中的一個形體作為主形，也就是代表字，其他異寫的形體都可以稱為主形的變體。但是構形不同的異構字，不

能稱為一個字，只能稱為一個字種中不同的字。

　　異構字的記詞功能雖完全一致，但構形屬性不同，便無法認同，它們是不同的字，而不是同一個字的不同形體。它們的差異既然發生在構件、構形模式和構形布局上，推其構意，也必然不相同。所以，異構字在用字上是冗餘的，但在分析字意上又各有各的作用，可以從不同角度幫助我們豐富對字所記錄的詞的本義加深認識。

　　還有一點也必須注意：異構字在漢字構形學也就是描寫漢字學裡，是指稱職能相同的字群的，也就是說，這些字處於平等地位。只有在規定的正字法也就是社會用字規範的領域，才在多個異構字中優選一個作為通行字，也可稱作正字。在這種情況下，正字與異構字就形成一種對立關係。但是，由於異構字的構形信息不能丟失，正字以外的其他形體只可以在記詞職能上認同，可以在某種場合限制使用，卻不宜貿然取消。

2.異構字認同的共時時段問題

　　異構字在漢字史上是一個非常複雜的概念。一般說來，如果兩個異構字完全是共時的，而且一直是共時的，情形就比較簡單；但是異構字在不同的時代常常產生職能分化，也就是說，在歷史的長河中，它們能夠成為異構字

的時間只是在某一個時期。例如:《說文解字》認定「常」與「裳」是重文,原因是它們的聲符相同而義符同類,在構字上有通用的例子(《說文解字‧巾部》「常」下的「裙」(帬)也有從「巾」從「衣」兩形),「常」、「裳」什麼時候屬於異構字,目前沒有文獻可以獲得準確信息,但起碼是在東周的文獻裡,它們已經分化為兩個字了。也就是說,它們即使曾經是異構字,也只可能在很短的一段時間內。

另外,異構字多半都經過字書的貯存,看起來好像在一個共時平面上,其實並不是完全共時,歷史上常有兩個字一行一廢的現象,其中就包括異構字。例如:「熔」與「鎔」,「鎔」通行的時代早於「熔」,「熔」是後出的手寫體字,但「鎔」的通行時代也結束得早,起碼是在近現代,在書寫現代白話文的時代,它已被「熔」取代。因此,從全程看,「熔」的記詞職能也就是義項多於「鎔」。但我們不能否認在兩個字都存在的時候,它們曾經是異構字。我們稱這類異構字為局域異構字。

異構字有如此複雜的情況,需要進行各種分析和綜合才能確定其關係,籠統地把它們稱為同一個字顯然是不合事實又不合字理的。

3.異構字在綜合辭書中的複雜現象

還需要特別說明的是：在理論上，異構字應當是在共時層面上同時使用過的，又應當完全同音、同義，因此，反映在辭書的詞條裡，它們必須具有完全相同的音項和義項。但是，一些歷代字詞兼收的大型辭書，例如《辭源》、《辭海》等，都是泛時性的，有不同時代的異構字雜處在同一個字頭和詞條裡，造成異體字之間錯綜複雜的情況。例如前面提到的「熔」與「鎔」，在大型辭書裡的義項就不完全一樣。又如「餉—饟—餉」：

《說文・食部》「饟，周人謂餉曰饟。」「餉，饟也。」《爾雅・釋詁》：「饟，饋也。」在《說文》時代，二字應為異構字。「餉」是「餉」的後出字，二字也應為異構字。但「饟」為古字，典籍中有專門使用「饟」的書證。「餉—饟」為異構字的時代在前，「餉—餉」為異構字的時代在後。加之「餉」還有通假字的用法，因此，在大型辭書裡，「餉」的義項多於「饟」、「餉」。

「餉—饟」、「餉—餉」互為局域異構字，在憑藉辭書判定異構字並溝通它們的關係時，要妥善處理這種錯綜複雜的情況。

第八講
漢字構形的歷時傳承關係

　　我們說不同歷史時期的漢字具有傳承關係，就等於說它們是不同時期、不同構形系統中的同一個字，因此，我們把確定字與字之間的歷史傳承關係稱作漢字的歷時認同。

　　證明字與字之間有歷史傳承關係，需要認同它們的記詞職能，也就是說，需要證實它們記錄的是否是不同時期的同一個詞；但是，漢字構形系統與漢語詞彙系統雖有關係卻並不在一個軌道上發展，不論是它們的演變還是它們在同一時期的實際狀況，都不是一一對應的。所以，在不同歷史時期、記錄不同詞彙系統的所謂「同一個字」，在記詞職能上並不完全等同。在這一講裡，我們首先要說明歷時職能的認同與形體的認同可能會產生矛盾，說明漢字構形演變中音與義變化的多種情況，最後再重點說明形體傳承這個主線。在這一講裡，還要涉及到不同字體的轉寫以及字形的隸定問題。

一、漢字構形演變中的職能分合現象

　　漢字是第二性的符號，它是漢語詞彙（語素）的「再編碼」，漢字沿著自己的規律、並在語言發展的推動下演變。總體說來，漢字的無限增多是與書面語言詞彙不斷增長有直接關係的，也就是說，在有了口語詞彙之後需要書面表達，才有了漢字造字的需要。問題在於，語言的發展是漢字增長的動力，卻不能決定漢字增長的自身規律。這表現在：並不是語言的每一個詞的產生都造字，也不是語言的每一個詞增加了一種用法、產生了一個義項，都造一個字。語言發展無需也無法節制，而作為第二性的文字，卻需要也可以進行調節。「六書」的後二書「轉注」、「假借」，後人對這兩個實際上不能分析實際構形的概念眾說紛紜，近代章太炎先生對前人的各種說法作了綜合，提出了一個十分辯證的解釋：「轉注者，繁而不殺，恣文字之孳乳者也。假借者，志而如晦，節文字之孳乳者也。二者消息相殊，正負相待，造字者以為繁省大例。」[1] 他的意思是說：文字的發展變化有兩種法則：一種是由於社會發展

---

1. 見章太炎《國故論衡・轉注假借說》。

和人類認識的發展，需要創造新詞來表達新的詞義，也就需要循新詞的音義，各為製字，這就是「轉注」造字的法則。但是由於文字孳乳日繁，字數無限增多會超過人類記憶力所能承擔的負荷，所以必須加以節制。新的詞義產生了，可以利用舊有的詞和字而賦予新的詞義，不再製造新字，這就是「假借」的法則。這種認識實際上說明，文字的發展雖然追隨詞彙，但它也有自己的調節規律，並不完全與語言一致。這種情況有多重表現，這裡先討論早期漢字字用分合的現象。

字用分合是指這種現象：早期文字不夠用的時候，一個字兼記兩個詞，這其實就是一般所說的「本無其字的假借」；而發展到一定的階段，兩詞共用一字易生混淆的情況日漸增多，於是產生原來併和的字再行分開，而且多半是利用了同一字位中不同的字樣也就是異寫字來分配不同的語素。例如：

和在甲骨文裡本來屬於一個字位，相當於後來的「史」、「吏」、「事」三個字，在字用上沒有明確分工。金文演變為三個異寫字，仍無明確的字用分工。在《說文》小篆裡，呈以下分工局面：

《一部》：「吏，治人者也。」

《史部》：「史，記事者也，从又持中。中，正也。」

《史部》：「事，職也，从史，之省聲。」

這說明，周代典籍裡，三字同用不分工的格局已經打破，三個同一字位的異寫字不但明確分化成三個字位，而且屬於三個字種。如果在甲骨文、金文與小篆之間僅僅從字形來認同任何一個字樣，即使寫法完全相同，意義都是不對應的。

甲骨文的、（鳳）是畫一個鳳凰的形狀，再加一個「凡」字示音，不加「凡」。在卜辭裡，「風」未專門造字，一般並用「鳳」或「凡」為之。戰國秦、楚文字中已經有了从「虫」的「風」字。《說文》解釋从「虫」之意說：「風動蟲生，故蟲八日而化。」「風」的本字產生後，一字兼二用的格局發生了變化，甲骨文與小篆同樣是一個「鳳」字，職能不同了，已經不能僅僅從字形上去認同。

在《說文》小篆裡，可以看到另一種字用分合現象：

許慎把 互 列為 笄 的重文（《竹部》）。王筠《說文釋例》說：「互字象形，常是古文，而說曰『笄或省』，倒置矣。笄加竹，非互省竹也。」不論哪一種寫法在前，兩個異構字曾經是一個字種，都是古代收繩的一種工具，因為

使用時兩手交互，而發展為「交互」字。兩字有了明確的分工。

許慎把 作為 的重文（《仌部》），解釋說：「冰，水堅也。从仌，从水。凝，俗冰从疑。」徐鉉說：「今作筆陵切，以為冰凍之冰。」段玉裁注：「以冰代仌，乃別製凝字。經典凡凝字皆冰之變也。」可知「冰」與「凝」本為同一字種的異構字，既可用作名詞，又可用作動詞有「結冰」義，例如《禮記・月令》：「（孟冬之月）水始冰，地始凍」。後兩字分工明確，「凝」用作「結冰」、「凝結」義，「冰」為「仌」的後出字，僅作名詞或「冰凍」義。因此，《說文》小篆的「冰」與後世的「冰」在職能上不能簡單認同。

許慎在《說文》「畫」字下列了兩個古文重文 與 ，解釋說：「畫，界也。象田四界，聿所以畫之。畫，古文畫省。劃亦古文畫。」可知「畫」的本義是界畫，「劃」本為「畫」（畫）的累增字，二字為同一字種的異構字。後世「畫」在「界畫」義之外，還可用作「圖畫」、「繪畫」義，與「劃」已有分工。

以上現象，都符合章太炎先生所說的：轉注、假借「二者消息相殊，正負相待，造字者以為繁省大例」的原則。

　　必須說明的是，這裡所說的假借，與文獻中的「通假」本質上不是一類現象。通假是在造字之後使用過程中臨時應用的現象，是在口語與書面語互相轉化過程中採用音化字的用字現象，漢字構形學裡暫不討論。

二、漢字構形演變中的同源分化現象

　　如果後代漢字都是由前代漢字一對一地直接下傳使用，漢字構形的歷時認同關係就會簡單得多，而實際上，隨著漢語詞彙的發展，漢字在源字基礎上孳乳出新字的情況相當普遍。

　　漢語詞彙在兩漢以前主要的繁衍方式是單音孳乳造詞，漢字直接參與了漢語的構詞。在詞彙發展過程中，「義自音衍」孳生造詞的書面化與孳乳造字是同步發展的。漢字構形的歷時發展無處不伴隨著詞彙的同源分化現象：

1.廣義分化

　　詞有概括性，一個詞可以適合多種對象和情況，因而形成自己的義域。詞彙使用頻繁後，義域也會相對擴大，促使新詞從舊詞中分化。這種分化的結果是對原有義域的切割，用新的詞形來承負分割出的子義域，稱為廣義分化。

廣義分化直接表現為字形的分化：

(1)**同位分化**

不保留上位詞，義域的切割是均勻的。如：

「景－影」

《說文》：「景，光也。從日，京聲。」段玉裁注：「光所在處，物皆有陰。……後人名陽曰光，名光中之陰曰影，別製一字，異義異音。」「景」原為光照出的物象，光線照射的正面和反面通稱「景」。後分化出「影」，將義域切割為二：光照的正面為「景」，背面為「影」。

「迎－逆」

甲骨文、金文對應後世迎、逆兩義。羅振玉《增訂殷虛書契考釋》以為甲骨文此字「象人自外入，而辵以迎之，或省彳，或省止。」至小篆分化為兩字和，《說文》：「逆，迎也。從辵，屰聲。關東曰逆，關西曰迎。」《方言》卷一：「逆，迎也。自關而東曰逆。」可見「迎」與「逆」本為意義相同、方音不同的同一個詞，兩字屬於方言字分化。兩人相對而行，先相向，相遇後再行則相背，本為同一過程，二者分化後，將相對而行的義域切割為二：「迎」為相向而行，「逆」為相背而行。

「坐─座」

「坐」最早既表示坐的姿勢、動作（動詞），又表示坐的地方、位置（名詞）。後分化出「座」，將職能切割為二：坐的姿勢、動作為「坐」，坐的地方、位置為「座」。

⑵**下位全程分化**

保留上位詞，上位詞獨用。每一個下位詞的意義都包含在上位詞內。如：

「正─征─政」

卜辭中 ![字] （征）與 ![字] （正）本為一字，![字] （政）已經有分化的趨勢，但偶爾使用；金文 ![字] 與 ![字] 為異構字，與 ![字] 已經分化，![字] 與 ![字] 兩形為一個字位，但已大量與「正」分化。甲金文中已經明確看到由「正」分化出「征」、「政」的趨勢。先秦經典中三字明確分化。上位詞「正」保留，分化出「政」，教化以正其民。《周禮·夏官·司馬》：「惟王建國，辨方正位，體國經野，設官分職，以為民極。乃立夏官司馬，使帥其屬而掌邦政，以佐王平邦國。」鄭玄注：「政，正也。政，所以正不正者也。《孝經》說曰：『政者，正也。』正德名以行道。」分化出「征」，征伐以正其國；《孟子·梁惠王上》：「彼陷溺其民，王往而征之，夫誰與王敵？」朱熹注：「陷，陷於阱。溺，溺於水。暴虐之

意。征，正也。以彼暴虐其民，而率吾尊君親上之民，往正其罪，彼民方怨其上而樂歸於我，則誰與我為敵哉？」形成下位分化的歷時發展局面。

「支－枝－肢－翅」

人的四肢稱作「肢」，鳥翅膀稱作「翅」，樹木條枚稱作「枝」，均取意於從主幹歧分而出之意，是保留了上位詞「支」而產生的下位分化，同時也造出了相應的三個義音合成字。

其他如：上位詞「和」保留，分化出「盉」，指調味和諧；「龢」，指聲音和諧，二者都是「和」的下位概念。上位詞「反」保留，分化出「返」，反回（平移）；「翻」，反轉（180 度）……均屬此例。

(3)下位半程分化

保留上位詞，上位詞同時兼用下位詞之一。例如：

小篆 𧯇 （落）有草木凋零的意義。唐代慧琳《一切經音義》卷六引《說文》作「草木凋衰也」。先秦經典確有「落」作木落解的實例。例如《左傳・僖公十五年》：「歲云秋矣，我落其實而取其材，所以克也。」注：「周九月，夏之七月，孟秋也。艮爲山，山有木，今歲已秋風吹落山木之實，則材爲人所取，實落材亡，不敗何待」等如是。

小篆 𩂣 （零）與「落」同源，義為「餘雨」，先秦經典也
多用於雨露，《詩・鄭風・野有蔓草》「零露溥兮」等皆如
是，本不是為草木凋零造的本字。然而「零」有「飄散」
義，用於草木只適合草本植物。所以《說文解字》說：「凡
艸曰零，木曰落。」但先秦經典已常以「零落」連用。例
如《禮記・王制》：「草木零落然後入山林，昆蟲未蟄不以
火田。」這就形成「對文則異，散文則通」的格局：保留
上位詞「落」，草落曰「零」，木落兼用「落」，使「落」有
泛指與專指兩重身份。

2.引義分化

詞的意義是不斷增加的，通過聯想，引申出新的義項，
產生多義詞。多義詞的義項如果產生新形——也就是為某
些義項造了新字，就產生了引義分化。新舊的字形將多義
詞的義項進行再分配。

(1)雙向引義分化

多半產生在施受分化、名動分化、名形分化、主動與
使動分化等兩極的分化。

施受分化。如：「受」分化出「授」，又如：「買」、
「賣」分形。

名動分化。如：「魚」分化出「漁」；又如：「斷」、

「段」分形。

名形分化。如：「人」分化出「仁」（名—形）；「疏」分化出「梳」（形—名）。

主動與使動分化。如：「見」分化出「現」；又如：「示」、「視」分形。

這些分化造成了未分化時的古文字與分化後的文字形雖相同，意義職能已經不一樣。例如：「受」在甲金文裡兼有授受二義，而在後世文字裡只承擔接受之義，二者認同的只是形體而已。

⑵**多項引義分化**

這種分化常常是由多層與多向引申形成的。

多向引義分化，如：「解」第一個方向分化出「懈」（分解後的狀態）；第二個方向分化出「蟹」，需要拆解而食的動物。

多層引義分化，如：「半」，分化出「判」（分開），「判」又分化出「副」（分為二又合為一）。

多向又多層引義分化：以「陽」為例：「陽」從三個方向分化──第一個方向由「高亮」的意義分化出「揚」、「颺」，再進一層分化出「翔」字，第二個方向從「給養」的意義分化出「養」，再進一層分化出「氧」，第三個方向

從「吉利」的意義分化出「祥」字。

三、漢字構形演變中的不同字體轉寫現象

1.古文字隸定的轉寫

漢字進入楷書階段後，詞典字書盛行，正是因為漢字在歷時傳承過程中，不同形制的漢字在記詞職能上難以全然對應，字書在貯存古文字時經常有轉寫的情況。所謂轉寫，是指用一種字體刻畫另一種字體的字樣，較多的是將古文字轉寫為楷書字體的方法。也叫做隸定或隸古定。由於這種方法，產生了漢字在儲存領域裡隸定字與傳承字並存的現象。例如：

①農—辳農辳　②飲—歙酓㐱食（金文）　　③得—㝵
④星—曐曑　⑤思—恖㿟（楚簡）　　　　⑥塵—麤麤
⑦漁—潀潹瀜　⑧光—炗茮（《說文》古文）⑨昔—𠂺

隸定的方法一是按照部件對應轉寫，二是按照古文字的線條轉寫為筆畫。這種方法前人已經大量使用，在現有的楷書字形中，特別是一些古代的字書、韻書中已經死去的楷書字形，很多是從歷代古文字隸定而來的。

要想深入瞭解不同時代字體轉寫的現象，必須首先理

解漢字字體演變的過程和規律。漢字在不同的時代，由於以下六種原因，產生了字體風格的演變：「(1)時代；(2)用途，如鼎彝、碑版、書冊、信札等；(3)工具，如筆、刀等；(4)方法，如筆寫、刀刻、範鑄等；(5)寫者、刻者；(6)地區。」[2.] 字體的形成是漸變的，一種主流字體發展為另一種主流字體沒有絕對的界限，只具有一個模糊的時段，歷史上記載的字體名稱所指稱的對象也有一定的模糊性，在過渡時期，常常是相互交錯，你中有我，我中有你，既有同名異實，又有異名同實，名與實並不一一對應。所以，時代相鄰的字體不存在轉寫的問題，只有距離較遠、差異已經很明顯的不同字體，才有隸定轉寫的問題。現代所見的古文字之所以需要隸定，除了字典存儲的需要外，還有三個很重要的用途：第一，是因為需要為每個古文字字形確定一個可以在楷書層面上的信息代碼，以便實現一種不同字體的對應，並進行電腦編碼；第二，是因為古文字的字序難以確定，要借助於隸定字樣來編排、檢索；第三，是為了作釋文的時候和引用的時候借助隸定形書寫和釋讀。

　　隸定字樣與傳承字樣本質上是不同的。傳承字樣是在

---

2. 啟功《古代字體論稿》（文物出版社，1964 年版）。

漢字使用過程中隨著字體的系統變化而產生的字樣自然改變，它是在社會層面上的變化，而且，這種變化的結果是使漢字進入了一個新的構形系統，新的字樣要進入這個新的系統，它與其他字樣之間有著不同程度的關係。而且這些字樣一直處在使用當中，往往會因為社會的選擇有一個正字逐步被確定下來。隸定字則不同，它是一種人為的轉寫，是學術的、擬構的。它的書寫方式、風格都改成了後一種字體，但構形卻必須按照古文字的原形來表現，它與動態的傳承字其實並不在同一個系統中，即使由於隸定字已經是楷書的樣子，只能用「異體」來溝通它們與傳承字的關係，隸定字與傳承字與共時的異寫字和異構字本質也是不同的。隸定字並沒有人使用，只是漢字貯存領域的一種備查的字樣。

2.變異字體草書的楷化

草書屬於變異字體，這種字體形成的原因是速寫。為了書寫的快速和便捷，草書書寫的要領是縮短筆程，速寫變異字體與主流正體字是同時通行的，相互的影響非常直接。行草對楷書筆畫形成的影響十分顯著，對楷書結構的影響也是較大的。楷書手寫字中有不少字是草書楷化形成的。例如：

　　「承」——在甲骨文裡，意為「拯救」的字作 ，像兩隻手將落入陷阱的人拉出的形狀。楷書按其字形寫作「丞」。「丞」發展為官名後，「拯救」一詞的寫法加「才」作「拯」，引申有「承擔」、「承受」義，引義分化出另一個字作「承」。「承」的形成必須通過草書：「拯」為左右結構，「承」為上下結構「𥞇」，因「丞」草書 與「手」草書 的書寫推動，上下插入併合，產生 （承）。

　　大量所謂俗字的產生和粘合零合成字的產生與草書楷化直接相關，一部分喪失理據的記號構件的產生也與此有關，這是漢字自然傳承中不可不注意的問題。

四、漢字構形演變中的形體傳承與變異

　　我們把漢字發展過程中職能方面的變化情況弄清後，就可以僅就形體的傳承來討論構形的歷時演變了。由後世的字形沿著傳承關係認同追溯之前的構形以瞭解其更早的構意，稱作復形，復形也是尋求詞彙本義必要的手段。漢字構形的傳承與變異大約有以下四種情況，也就是說，符合以下四種情況，我們可以認同它們的傳承關係。

1.直接繼承

漢字經過發展，因為總的形制變化，依字體不同產生筆法不同。但構形全同，由於構形屬性沒有發生變化，構意的解釋當然也不會發生變化，全然可以斷定是同一個字。在古文字階段，甲骨文、兩周金文與小篆的發展具有一定的連續性，都有一些形體具有直接傳承的關係。例如：

鼓：𰁔—𰁕—𰁖（《說文》籀文）—𰁗

馬：𰂄—𰂅—𰂆

囿：𰃀—𰃁（金文—小篆）；

　　　𰃂—𰃃（甲骨文—《說文》籀文）

壺：𰄀—𰄁—𰄂

見：𰅀　𰅁—𰅂　𰅃—𰅄

2.變異傳承

漢字經過發展，結構要素、結構模式和結構層次與分布都沒有發生變化，只是基礎構件或一部分構字能度較大的複合構件的樣式發生了變化，籠統地直觀看來不像同一個字，但只要通過構形分析，將基礎構件認同，很容易分析出它們的形體傳承關係。這類傳承我們稱作形體變異傳

承，簡稱變異傳承。變異傳承最值得注意的是一部分後來變成結構部首的漢字。例如：

啓——甲骨文从「又」作，金文已經有从「又」从「攴」兩形、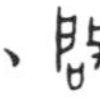，小篆承襲金文从「攴」，楷書「攴」樣式改成「攵」（反文）作「啟」。

政——甲骨文、金文都从「攴」，小篆也承襲从「攴」，楷書改「攵」。

以「啓」、「政」為例，小篆形成《攴部》，楷書絕大部分改成「攵」。基礎部件樣式改變，個別結構做了不影響構意的位置調整，例如：「啓－啟」，構形屬性與構意都沒有變化。以小篆和楷書來說，「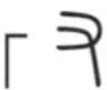－ナ」、「－廾」、「－青」、「－曲」、「－西」……以甲骨文、金文與小篆、楷書來說，甲骨文中一部分俯視的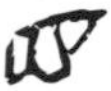小篆形訛為，楷書從之……這些都屬於變異傳承。

3.理據重構

理據重構並不是另外造字，而是在字形傳承的過程中，由於語言意義的變化、文化因素的變化、字體風格的變化、書寫習慣的變化等多種因素，使構形與構意的結合脫離了原來的狀態，前面說過，作為表意文字的漢字培養了使用者對意義信息的追求，人們在理據不夠清晰的情況

下尋求新的理據解釋，而這種新的解釋有時又會帶動構形的進一步變化。所以，重構也是一種演變，只要這種演變對新一代的漢字構形系統是符合的，重構字在新的構形系統裡可以找到自己的位置，在理論上都不應當以「譌變」來稱謂。例如：

甲骨文的「射」作 ，以箭在弓上明「射」義，金文的「射」加上一隻手，更強調動作，作 ，到小篆時，弓變成了「身」字，箭義化為「矢」作 ，另一形體保留了那隻手，由於射為「六藝」之一，含有一定的法度規矩，故改為「寸」作 。這兩個形體，都有明顯的傳承痕跡，它們變化的原因是為了適應新的系統：在《說文》小篆裡，「弓」已經成為表義與示音兩種功能的基礎構件，以其表義功能構成「引」、「發」、「弦」、「弧」、「張」、「弛」、「弩」、「弢」、「彈」、「彎」等字，以其兼有示源功能的示音功能構成「躬」、「穹」、「弘」等字，而「射」的表形構件在這一形聲系統中已經沒有存在的位置。從構形系統的角度，它的理據重組是合理的。

「絘」在金文裡作 ，像用針線將織物縫在一起，是一個很形象的會形合成字。小篆作 ，《說文》：「絘，箴縷所絘衣。从㡿，𢍱省。」徐鍇、王筠均以為是針絘、刺

繡的形狀。《說文繫傳》：「黹，象刺文也。」《說文句讀》：
「黹字之形，當以刺繡為專義。」李孝定《甲骨文字集釋》
按：「栔文、金文黹字，正象所刺圖案之形。」其實，「黹」
的小篆形體只要把中間的曲線拉平，完全可以看出古文字
會形合成字樣的延續。但如此細緻的象形構造，不符合小
篆的風格體制。在構意上，黹 成為 黹 的反義，《說文》：
「黹，敗衣也。从巾，象衣敗之形。」黹 的上半部又與
「丵」的上半部吻合。《說文》：「丵，叢生艸也。象丵嶽相
並出也。」針腳與叢草的密集類似，根據《說文》將象形
的非字構件義化為成字的潛規則，黹的構形在演變中重構
為會義合成字，構意以「黹」為背景，認為是以針縫衣，
而不說刺繡，更為符合古文字的形象，編排放到《黹部》
之後，也很貼切。所从之字均與刺繡有關，恐怕是引申之
義了。這樣處理，已將它的重構與重釋合理化。

　　甲骨文的「盡」作盡，从皿从手持滌器，像食畢洗滌
器皿的形狀。金文盡承襲之。小篆作 盡，《說文・皿部》：
「盡，器中空也。从皿，㶳聲。」《說文・火部》：「㶳，火
餘也。从火，聿聲。」小篆首先改造了甲骨文的盡，將其
中以手持棍棒的部分成字義化為「聿」，加上「火」造成另
一個表示火的餘燼之字，《說文・火部》：「㶳，火餘也。」

再將其作聲符加「皿」構成「盡」。這一改造實現了《說文》的兩個潛規則：一個是儘量把象形字限制在零合成字（獨體字）內，另一個是儘量把平面結構變為層次結構。這兩個規則對《說文》小篆構形系統的嚴密化，都起到了十分重要的作用。

4.改變輪廓

少部分漢字的構形與構意在發展過程中形體變化較大，影響到整個輪廓，很難看出傳承的痕跡，好像做了一次整形。也有些字的一部分形體變化較大，難以進行復形，好像做了一次部分整形。但是只要找到一些過渡的形體，復形的幾率還是比較大的。

整體改變輪廓，例如：

小篆的「襄」作 𧞠 ，《說文》解作：「襄，漢令：解衣耕謂之襄。从衣，𤕦聲」整個構形很難理解。作為「襄」的示音構件 𤕦 ，給我們一個啟示。《說文》：「𤕦，亂也。从爻工交吅。一曰窒𤕦，讀若禳。𤕦，籀文𤕦。」從這個基礎構件入手，可以知道這是「禳」的象形字。《周禮·大宗伯》：「以貍辜祭四方」，注：「貍，貍牲胸也，貍而磔之謂磔。禳及蜡祭。」《周禮·小司馬》：「凡沈辜侯禳，飾其牲」，注：「侯禳者，候四時惡氣禳去之也。」《周禮·女

祝》：「掌以時招梗檜禳之事，以除疾殃」，注：「梗禦未至
也，除災害曰檜，檜猶刮去也，卻變異曰禳，禳，攘也。
四禮唯禳其遺象今存。」從《周禮》多處記載，可知「禳」
是一種祭祀，主要祭祀四方之土地，以除地候產生的災害，
例如瘴氣等 ， 祭祀的方式大概是將祭牲從胸剖為兩半煮
熟 ， 而在四達之路口祈禱。 金文 𤕫 正像祭祀之字。 從
「土」，說明祭祀的對象和地點，兩口實為祭器的兩耳，
「又」或「攴」像祭祀的動作。加「衣」字解釋為「解衣
耕」，與禳祭祭土地是有關係的。解衣耕是在乾旱時將土地
上面板結的一層打碎以保墒，此說唯見於《說文》，但歷來
考漢制之書都以為確實。《竹書統箋》 卷首上引《廣川書
跋》說：「太公廟碑今在衛州共縣，晉太康十年立，碑曰太
公望者此縣人，太康二年縣之西偏有發冢而得竹策之書，
書藏之年當秦坑儒之前八十六歲。其周志曰：『文王夢天帝
服玄禳以立於令狐之津。』許氏《說文》無此字，惟曰漢
令解衣耕謂之禳。而衛宏《字說》與郭昭卿《字指》則有
之，知許慎所遺古文衆矣。昭卿因宏以有記，非得是碑，
豈知宏之為有據哉。」《說文》：「禳，磔禳祀，除癘殃也。
古者燧人禜子所造，從示襄聲。」不論是本有還是後人所
補，其說與歷史記載同。許慎將一系列的字形整理為層次

結構，也是以禳祭為本義的。

如果我們把一系列的字形做一個整理，可以看到：古文字的會形合成字，與小篆从「示」的音義合成字，記錄的是同一個詞，它們是構形模式不同但可以歷時認同的古字與傳承字。但是在小篆構形系統裡，直接傳承下來的形體是作為聲符的基礎構件，加義符「衣」，再加義符「示」，到第二層次，才是祭祀的名稱「禳」。其曲折複雜的關係見下圖所示。

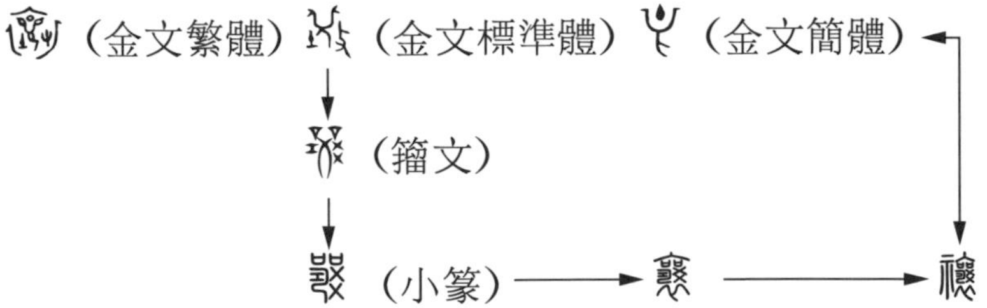

局部改變輪廓的，例如：

楷書的「曹」，上部已經難以看出傳承關係。甲骨文、金文和小篆一脈相承，分別作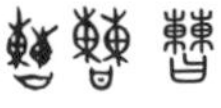。《說文》解釋說：「䡛，獄之兩曹也。在廷東，从棘，治事者，从曰。」《東部》：「棘，二東，曹从此，闕。」《說文》為了建構系統，往往將一些非字構件成字化，先建「棘」，再加義符孳乳出「曹」，是合乎它的規則的。但楷書「曹」的上半部完全失

去「棘」的輪廓。要想溝通其間的傳承關係，需要參考隸書。

①轗 ②轗 ③轗 ④轗 ⑤轗 ⑥曹

從以上搜集到的六個字樣中，可以看出「曹」如何在保持它所記錄的詞意義特點的基礎上，尋找一個簡繁適度的構形。「曹」為獄訟的兩造，也就是原告和被告，所以需要一個成雙的構件來表示這個特點，構件「東」字的意義說「在廷東」有些牽強，所以隸書省簡不顧及「東」字的完整，在省其下部與省去其一二者中，寧省其下部，而要保留成雙。省去「東」字的下部後，兩個部件都已經不成字，進一步粘合在一起，保持兩豎，就成為「曹」這樣的形狀。

歷時認同是古文字考據的基本功，也是現代文字溯源的基本功，但是這種認同復形的工作既要考慮文字的職能，又要符合構形的規律；既要聯繫字位中的各個字樣，又要考慮字種中的不同字位；文字在古代典籍中的實際應用更不可忽略；所以，是一件複雜而有難度的工作。這一講也只是大概言之而已。

第九講
漢字構形系統

　　表意文字所遇到的最難解決的問題，是隨著詞的不斷豐富、意義不斷增多，字形便會無限增加，致使符形量超過人有限的記憶能力。為了解決這個問題，漢字必須在對構件進行規整的前提下，形成一個儘量趨於嚴密的構形系統。這個構形系統是否存在？現代系統論的提出與發展，為漢字構形系統的證實和描寫提供了理論依據。根據系統論的原理，漢字作為一種信息載體，一種被社會創建又被社會共同使用的符號，在構形上必然是以系統的形式存在的。在共時歷史層面上的漢字總體，應當有自己的構形元素，這些元素應當有自己的組合層次與組合模式，因而，漢字的個體字符既不是孤立的，也不是散亂的，而是互相關聯的、內部呈有序性的符號系統。個體字符的考據只有在整個系統中找到它應有的位置，才能被認為是可信的和合理的。僅僅探討漢字個體字符的形體變化不能稱作漢字史。只有在弄清個體字符形體變化的基礎上，考察出漢字構形系統的總體演變規律，並且對這種演變的內在的和外在的原因作出符合歷史的解釋，才能稱為漢字史。漢字構

形學最終的目標，應當是為共時層面上漢字構形系統的描寫提供可操作的方法，並對歷時層面上漢字構形系統的比較提供合理的參數，以便構建科學的漢字史。

一、漢字構形系統在歷史上的形成

殷、周甲骨文、金文的漢字，有相當大量的字符處在象形文字的階段，不論是零合成的獨體象形字，還是會形合成的合體象形字，都以象物性作為表意的手段。這些字符圖畫性很強，因而個體性很強，字與字之間關係鬆散，難以形成嚴密的系統。漢字發展到小篆，構形產生了一個飛躍，一批兼有音和義的成字構件逐步形成，作為構形的基礎。漢字有了這批構件，便有條件把甲骨文的多形符象形字改造為多義符拼合的會意字，並且產生了一大批義符和聲符相互制約的形聲字。凡同義的字，用聲符別詞，如「根」、「枝」、「條」、「標」……都是樹的部位，都從「木」，用聲符來提示它們記錄哪個詞而區別。「玩」、「完」、「冠」、「頑」……都從「元」聲，用義符來將它們分類而區別。這種形聲字，大約占漢字總數的 87% 以上，成為漢字的主體。同時，漢字的義符表意功能和聲符的示

音示源功能又都得到了進一步規整，這樣，漢字便形成了以形聲系統為中心的構形體系，由於採用了基礎構件拼合或遞加生成的方法來增加新的字形，因此，不論字數如何增加，基礎構件的數目都能保持穩定，只在四百多個上下浮動。而且，就構字功能說，構字量較大的基礎構件只占48% 左右，人的記憶負荷是完全可以承受的。

形聲系統形成後，漢字的表意方式發生了質的變化，人們對字符的認識不再是與物象直接聯繫的，也就是說，不需要從字形中直接辨識出物象來，而是憑藉形音義已經結合了的基礎構件來概括表意。例如：「心」，早已不像心臟的樣子，「氵」，也已沒有水紋的痕跡。但「心」形與「心臟」義，「氵」形與「水流」義，都已形成固定的聯繫，「心」部字與「水」部字的意義都可以由此辨識了。

二、基礎構形元素在優化原則下的整理

漢字構形系統確實是存在的，問題在於如何將它描寫出來。描寫系統的先行工作是整理元素，產生一個從實際中歸納出來的基本元素集。

基礎元素也就是前面所說的基礎構件。在漢字構形系

統中，必然會有一個基礎構件的集合，成為構成整個字符集的最小也最基本的構件集。我們把漢字進行拆分，拆到不能再拆的最小單元，這些最小單元就是漢字的基礎構形元素，我們稱之為形素。漢字是在社會上流傳使用的，不論是歷史漢字還是現行漢字，都會產生一些紛繁的寫法，這些紛繁的寫法如不規整，很難看出系統性。規整，指的是把異寫形素、異寫構件、異寫字經過認同歸納到一起，選擇一個優化的形體作為標準體，也就是擇出一個形體作為其他異寫體的信息代碼。歸納這些不同層次的異寫符號最簡便、合理的辦法，是首先從基礎構件也就是形素著手。自然書寫的漢字形素，有些差異與區別構意無關。將寫法微殊、來源相同、構意相同的形素歸納到一起，稱作一個形位。 選擇一個有代表性的形素作為這組形位的信息代碼，用以指稱這組形位，稱作形位主形，同形位的其它形素均稱為其變體。以下面「兼」字為例：

①蕪　蕪　蕪　羨　兼　兼　羨　穌

②傔

③鶼　鶼　鶼

④鐮

⑤嫌

⑥賺

⑦謙　謙　謙　謙　謙　謙

⑧廉　廉

⑨縑　縑

⑩歉　歉　歉

⑪慊　慊　慊

……

　　「兼」在楷書裡是一個粘合的零合成字，已經不能再行拆分，因此也就成為一個成字形素。①是它獨用的情況，②-⑪都是由它組成的字。可以看出，它的書寫狀況是紛繁的。這些紛繁的寫法都局限在「兼」這個字樣裡，沒有構意上的差異，我們選取「兼」（每行第一個字的樣式）作為它的信息代碼，其他可以認同的字樣列為「兼」的變體，在個人書寫層面上，可以寫任何只要人們能夠識別、能夠與「兼」認同的字樣，在規範的文本裡、電腦字庫裡，則一律換為「兼」，這就完成了形位的歸納。我們把優選出來的形體稱作主形，從規範的角度說，也就是標準字樣。由於「兼」的主形的確定，从「兼」之字的主形字也就隨之

確定了。

　　下面討論非字形位，以楷書的「田」為例。「田」是一個多構意的同形形體，它在「疇」、「畝」、「罾」、「界」、「畸」、「甸」、「畿」等字中具有示音、表義、表形的作用，有確定的讀音，是一個成字的基礎構件。但在下列楷書字中，都只有象徵表形的作用，沒有讀音，屬於非字的基礎構件：

　　「果」，小篆作 果 ，上方的「田」象徵果實。

　　「番」，小篆作 番 ，下部的「田」象徵獸足。

　　「福」，小篆作 福 ，右邊底部的「田」象徵豐滿的糧食囤。

　　「巢」，小篆作 巢 ，中間的「田」是小篆「臼」形楷化，象徵鳥窩。

　　「畢」，小篆作 畢 ，上方的「田」象徵捕鳥的網。

　　「畏」，小篆作 畏 ，上方的「田」是小篆「鬼」上部的楷化，象徵鬼頭。

　　……

　　楷書的這些「田」形構件，都是與「田地」字不同的

非字構件，它們象徵不同的事物，但是這些事物的共同特點都是圓形的、內中實滿的物件。我們可以因此把它們歸納為一個非字形位。

在同一歷史層面上的漢字經過規整後被歸納的形素群體，也就是形位，與形素是不同的。形素是一個個具體的構形基礎元素，形位則是同一共時構形系統中異寫的基礎構件歸納的結果。將全部形位歸納起來，才可見到構形系統的基礎元素整體。以形素的歸納為基礎，可以使漢字的紛紜雜亂狀態在各個層次上得到整理，現出清晰、整齊的總體狀態。

在形位裡，主形的擇定是十分重要的，主形擇定的標準應當有以下幾條：

第一，它應當是經過社會使用，已經被多數人認可的形體。也就是說，它的使用頻度應當比較高。這裡指的使用頻度，包括兩個意思：一是單用時人們更習慣用這個字樣，二是構字時人們更習慣用這個字樣做構件。

第二，它應當符合漢字構形歷史發展的脈絡和規律。這一點與上一點有直接關係，漢字形體發展受兩方面條件的制約：首先是與人們的書寫習慣相關，這是很重要的社會條件；其次是受漢字構形內部規律的限制，以「兼」字

　　為例：在篆體中，「兼」由兩個「禾」、一個「又」（手）三個構件交合，交合狀態與構意有關，楷書將兩個「禾」併合在一起。這種簡化方式很多見，例如，「曹」併合上方的兩個「東」，「普」併合上方的兩個「立」，「晉」併合上方的兩個「至」，「廾」併合「収」的兩個反向的「又」（手），「艹」也可寫作「卄」，併合「艸」的兩個「屮」……這種併合是符合楷化規律的，因而順勢而成。上下分形與左右分體的字樣，反而不合規律，因而也就不被多數人採納。

　　第三，它應當顯示或接近理據，便於直接識別分析，或便於追溯本源後識別分析，這對漢字教育是有益的。但這個條件與上述兩個條件相比，不是絕對的，漢字在楷書階段有喪失理據的情況，有時出現記號構件，很多是發展的自然現象，加之很多溯源的考證未必精確，所以，尊重自然發展規律是更為重要的。

　　第四，如果有較多的形體可供選擇，應儘量採用簡繁適度的構形。漢字的識別需要信息豐富，不避複雜；而書寫則需要形體簡單。這是一對經常出現的矛盾，選擇簡繁適度又保存了更多構意的構形，在識別和書寫方面取得相對的平衡，對漢字的優化有諸多好處。

　　以上四點——通用性、傳承性、理據性、適度簡約性，

以多收集編纂之功，少概括整理之力，以收字多而全為宗旨，往往轉相抄錄，在儲存過程中又產生了不少新的錯訛。加之其中字料迭出多個時代，《漢語大字典》還收錄了大量古文字隸定字並附有古文字原形；所以既非共時，也不是同一形制，在提供查檢上是有成就的；但難以見到構形系統之端倪，是不宜進行構形系統描寫的。

第二種，許慎的《說文解字》。這部書是許慎在秦代規範小篆的基礎上，以五經用字和詞義為收集範圍，在所見文字中優選字形，加以篆化，解釋構意，確立部首，建構關係，體現了很明確的構形系統思想，可以作為構形系統描寫的一個典型的案例來對待，構建出小篆構形系統，並從中吸取系統描寫的經驗。

第二類材料有三種情況：

第一種，民間書寫文本中的漢字。這些文本的書寫者是一般的民眾或古代居於下層的小吏，文本的內容社會意義較小，流傳範圍不大。例如個人書信、賬目、便箋、日記、契約、底層的非發布的公文，以及不擬流傳社會只為個人保存的典籍鈔本等等。

第二種，社會通行文本中的漢字。這些文本或是官方的正式文告，或是流傳於社會的典籍鈔本，或是名人書寫

的詩文。雕版與活字印刷發展起來後，刻印文本所用的漢字也屬此類。

第三種，權威規範漢字。歷代官方運用政治權力、通過教育與考試制度規定在某些場合必須使用的漢字，或者經書法家寫於碑匾、形成字書以為示範的漢字。例如：漢代《熹平石經》所收的經典用字，唐代《干祿字書》、《九經字樣》等供科舉採用的正、通、俗字等。

這三種材料，第一種現存的多為手寫，隨意性較強，社會意義不大，它們的研究價值在於探討漢字文化的現實，而不適合作為描寫構形系統的原材料。第三種雖經規範，但收字範圍過小，官方意圖過盛，難以看到漢字自然發展的趨勢，作為描寫構形系統的原材料也有局限。唯有第二種材料，是遵循約定俗成的規律自然發展的，這些已經存在在語言環境中的漢字，不但有多種字形可以收集，而且有多種字用可資參考，是可以代表漢字自然發展狀態的。這些字符群隨著社會種種因素的變化，自發進行著內部元素與內部關係的建構。它們是雜亂無章的，還是也以系統的形式存在呢？

為了解決此問題，實驗構形系統的描寫，首先要對文本中的漢字加以整理，也就是進行三種性質不同的歸納：

⑴**字樣的歸納**

這項工作的關鍵是去掉重複和統計字頻。這是將一切文本形式的漢字改變為字符集形式第一步要作的工作。在第七講，已經對字樣歸納的原理作了說明，同一字樣組成的構件寫法相同，構件的相互位置一樣，只需取其中的一個清晰而工整的實用字樣作為代表，並統計它在所選文本中出現的頻率，作為字位整理的基礎。

⑵**字位的歸納**

這項工作也就是對結構記詞職能相同、書寫略有變化的同構異寫字進行認同，將其合併為一個字位，優選其中的一個作為字位代表字，其餘都可看成字位變體。歸納的原則已經在第七講說明，這裡需要說明優選主形的原則。前面說及選擇形位主形的四個條件——通用性、傳承性、理據性、適度簡約性，選擇字位代表字，首先要考慮基礎構件與形位代表字的一致性，而形位代表字的選擇，又要考慮字位基礎構件的條件，所以二者的選擇是彼此協調的，上述四點，也同樣適合於選擇字位代表字的條件。

⑶**字種的歸納**

這項工作也就是對職能相同、記錄同一個詞、但結構不同的異構字加以認同，歸納為一個字種，選擇其中的一

個字位作為正字，其餘可稱作異體字。異構字的構形和構
意彼此有差異，它們僅僅是職能的相同，所以，這些字不
屬於一個字，而是職能相同的不同的字。從字符集內部關
係的角度，它們平等地互為異構字，從構形系統整理的角
度，正字之外的異構字，稱為異體字。正字是從字位代表
字中選擇的，已經是符合上述四條優選標準，它的確立更
重要的在於彼此關係的構建，符合系統的原則，更為重要。

通過以上處理，使書寫各異、使用漢字紛亂的文本，
趨於整齊，建立了相鄰字形和同類字形的正常關係，找到
了每一個個體在整個構形系統中的位置。這就是經過人為
處理使漢字構形系統形成並顯現的過程，其實也就是漢字
科學規範的過程。

總之，漢字是一種可以人為調整的信息符號，但它的
社會約定性又不能違背。所以，漢字構形系統只能描寫，
不能違背社會的約定性和符號結構內部的自身規律而一意
孤行。《說文解字》的成功之處就在於它既尊重了小篆結構
和使用的事實，又正確把握了漢字構形的內部規律，許慎
是求實的，又是科學的。

《漢語大字典》共收五萬六千多個字，但仍然沒有收
全。字典中的這麼多字是歷史上的各種漢字的集存，這中

間有相當多的是古代的死字，作為一種文化遺存，它們是研究古代文化的重要資料，但在今天的社會交際中是不會使用的。

經過整理後，漢字的實際使用數量大致有多少？整理以後的情況如何？我們舉出按照上面整理過的楷書實用字符集的字數來瞭解其大概：

明代碑刻（兼及少部手寫文本）楷書五十四萬字，整理出 6023 個字位（其中被歸納的字位變體 6053 個）[1]。

宋版雕刻印刷書中漢字 200471 字，整理出字位 4856個，其中字位變體的情況如下[2]：

變體數	17	14	12	11	10	9	8	7	6	5	4	3	2	1
字位數	2	2	2	2	4	9	13	15	34	59	82	210	432	1062

雕版印刷書籍難見，數量偏少，可作一則補充：臺灣元智大學羅鳳珠教授從 18401 首宋詩的 1060696 字中整理出的單字字位是 4520 個，與王立軍從雕版印刷中整理出的

---

1. 數據來自石勇《明代碑刻及手寫實用材料文字研究》博士論文的統計。

2. 數據來自王立軍《宋代雕版印刷楷書構形系統研究》（上海教育出版社，2003 年版）變體統計的表，上欄是所含變體數，下欄是含有變體的字位數。例如：有 2 個字位含有變體 17 個，1062 個字位只含有 1 個變體。

字位二者合併去重共 5100 字位。

從這些統計中可以看出漢字在實用領域裡使用的大致數量，也可看出在實用領域裡字形結構紛繁複雜的情況以及整理後變為字符集的情況。

四、漢字構形關係的有序性

僅僅有一批基礎元素還不能保證構形的系統性，更重要的是列入構形系統的成員關係的有序性。這種有序性主要是在合理的組合中實現的。

漢字由這批形位構成，近、現代漢字絕大部分是依層次組合，少部分是依平面組合。這些組合依「結構—功能」分析，都有一定的結構模式。在層次組合中，字義是一層層生成的。在平面組合中，字義是一次性集合而成的。正因為如此，漢字才能由少量的形位，造成構形和構意各異的成千上萬個單字。這些單字凡是其中具有共同的元素，或既具有共同的元素又採用同一模式的字，彼此都會發生一定的關係，這就使每個漢字的構形，可以納入到一個網絡中去。例如：

「驟」：

在義類上與从「馬」又表示馬行走狀態之字歸入一個子系統:「驃」(馬疾步)、「驅」(馬馳)、「馳」(大驅)、「騶」(亂馳)……

在聲類上與从「聚」、从「取」的字歸入另一個子系統。

在同源系統中與「趨」(清紐,侯韻)、「趣」(清紐,侯韻)、「匆」(清紐,東韻)、「促、數」(清紐,屋韻)……歸入一個子系統。

三個子系統中又有交叉重疊。可以說,這些互有關係的字在類聚時和分析結構時彼此都是互為背景、互有參照價值的。

層次結構是漢字進入構形系統的最優越的條件,在層次結構裡,形位的介入是有序的,漢字生成的關係也是有序的。在層次結構中,可以看到從基礎構件也就是形位到成字過程中構意轉換的不同情況:

第一種,形位功能始終傳遞。例如:「照」歷經「召—昭—照」,「刀」的示音功能始終傳遞;「鴻」歷經「江—鴻」,「工」的示音功能始終傳遞。

第二種,形位功能中途介入。例如:「灝」,歷經「景—顥—灝」,「顥」的示音功能在第二層介入,「景」、「頁」的

功能也就在第二層轉換了；「從」，「人＋人」＋「彳＋止」，「从」的示音功能、「辵」的表義功能，都是在第二層介入的，「人」、「彳」、「止」的功能也就在這一層轉換了。

第三種，形位功能不斷轉換。例如「普」，「大＋一」成「立」。兩「立」相合為「並」，「並＋日」生成「普」。「大」、「一」的功能轉換為「並」，「並」的功能在與「日」結合後轉化為「普」。

不論是哪種情況，每一層次都有一個新的構形元素產生，使形位的構形構意作用得到充分的擴展；也使構形關係的有序性得到最大限度的發揮。我們把全部形位集合看作構字的儲備材料，而把已經進入構字、體現了自身功能的形位及形位的組合稱作構件。可以看出，在每一級組合中，隨著構件中的形位數不斷的增加，結構都發生著質的變化。舉小篆為例：

①  「支」的小篆是「又」和半個「竹」（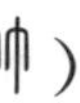）字的組合，半個「竹」字有形而無音、義。但它卻在組合後造就了與「又」完全不同的形與義。

②  「視」的小篆先由「目」和「儿」組合為「見」，然後再加「示」標示它的聲音。「見」與「視」在古漢語裡聲音與意義都是不同的，「視」是「看」，「見」是

「視」的完成體「看見」，「示」的加入，造成了一個記錄新詞的新字。

③ 居「居」的三個形位聲音都與「居」音無關。但是在第一層次「十」與「口」組合成「古」時，卻具有了示音的機制。

④ 羅「羅」的第一層次結構成「維」，沒有示音機制，再加上「网」，也沒有示音機制，但新的音義卻在這三個形位兩層次的組合中形成了。

這說明，漢字的結構層次是有序的，改變結構次序也就改變了這個漢字。有序的層次是漢字構形呈現系統性的重要原因。

前面說過，在諸多構形模式中，示音構件的介入使漢字結構進入最優化的狀態。小篆以後的漢字，在構形的模式上已經變成以形聲為主，義音合成字占到 90% 以上，剩下的幾種構形模式，基本上都是這些形聲字的構件，完全可以系聯到形聲系統中去。因此，我們可以把上述的關係網絡描寫為一個字表。這個字表以表義、表形形位為一個維度，將義近形位歸納在一起，以示音形位為第二個維度，將音近形位類聚在一起，採取有層次的排列。從這個字表裡可以顯示漢字總體構形的有序狀態，也可以顯示漢字的

單字之間的相互關係。這就是漢字構形系統的總體表現。

　　漢字的構形是成系統的，這個系統是否嚴密，要從以下幾個方面觀察：第一，形位數量與總字數的比例，比例越低，形位的組構能量越大，漢字的構形系統越嚴密。這也就告訴我們，在漢字進行規範時，儘量不要胡亂增加形位。第二，構形模式越單純，漢字的構形系統越嚴密。甲骨文有十種構形模式，到小篆時，演變為「六書」的前「四書」，基本已經定型了。第三，越是層次結構占主導地位，系統越呈網絡狀，也就越嚴密，平面結構體現個性比較突出，很難進入網絡，越多越不利於系統的嚴密性。第四，異寫字與異構字的比例越小，規整程度越高，構形系統越嚴密。

　　根據這四個定律，我們從一系列統計數據中，可以得出以下結論：第一，漢字的構形系統大致形成，約從東周開始，系統的嚴密化是逐步完成的。第二，漢字從個人書寫的隨意性、自發性，經過長期的全社會使用，進入社會通行的層面，系統化的程度越來越高，但仍不能達到比較完善的地步，只有經過權威規範，而且是符合漢字構形規律的規範以後，才能使系統達到嚴密化。第三，義音合成模式（傳統的形聲字）是表意漢字維持自身嚴密系統的最

優化的構形模式，漢字停留在形聲系統不再發生質變，是符合規律的。第四，依照漢字構形規律，儘量優選一批通行的字形，增強構意的明晰度，整理紛亂又不合理的異寫字與異構字，減少形位的數量，這是漢字規範必須進行的工作。

五、小篆構形系統的驗證

東漢許慎所著的《說文解字》，貯存並整理了秦代「書同文」後統一的小篆，這批篆字中的主要部分，首先被收入《倉頡篇》等小學識字課本，字形上經過嚴格的規範。其他擴展部分收入的字形，是以這些先期規範的字符集為基礎，許慎從他所看到的歷代字形中優選並篆化得到的。《說文解字》所收的字來源於五經文字，構意的講解來源於五經文本語境中歸納出來的詞義和古代訓詁材料反映出來的詞義，因此根據比較充足。

這批材料是封閉的。《說文解字》正篆 9431 字，重文 1275 字 [3.]，對《說文》9431 個小篆按說解拆分，第一層次

---

3. 許沖上《說文解字》書等有關《說文》的正式文件明言該書有正

得到 1937 個不重複構件。其中 1923 個構件仍在《說文》中，占 99.28%，只有 14 個字不在正篆中出現，可以看出小篆取材的封閉性。

極為可貴的是，許慎對《說文解字》的編排及對漢字的處理，已經表現出十分明確的系統論思想，在他的思想基礎上略加整理便可看出，小篆構形系統的確是存在的，並可以描寫的。《說文解字》是中國傳統語言文字學的根基，在歷史上具有崇高的學術地位和重要的研究價值。歷代經學與「小學」大家對它評價很高，稱譽為「言小學最完善之書」。黃季剛先生列出「小學」十書，認為這十本「小學」專書是一切字書、義書、韻書之主，而《說文》是「主中之主」。姜亮夫先生指出：「漢字的一切規律，全部表現在小篆形體之中，這是自繪畫文字進而為甲金文以後的最後階段，它總結了漢字發展的全部趨向，全部規律，也體現了漢字結構的全部精神。」[4.] 之所以有如此高的評價，是因為許慎在《說文》中體現了一個相當完整的小篆構形系統。《說文》的價值不僅在貯存的全面性，更在系統

篆 9353 字，重文 1163 字，但目前通行的陳昌治單行本實有正篆 9431 字，重文 1275 字。我們的統計依實際所見為底數。

4. 姜亮夫《古文字學》（浙江人民出版社，1984 年版，59 頁）。

整理之功；《說文》所以對後世文字學有如此大的影響，是
因為小篆經過整理，全面顯現了漢字構形的規律，達到的
系統嚴密化程度至今還是最高的。

我們可以從元素、結構與層次三個方面測查出相關的
數據來驗證《說文解字》小篆構形系統的存在狀況。

1.元素

依照《說文》講解的理據對小篆進行分析，分析到不
能再行分析的時候，也就是再行分析即無法體現構意的時
候，得到了基礎構件 558 個，其中成字構件 423 個，進而
歸納為 289 個形位；非字構件 125 個，這就是小篆的基礎
構形元素。小篆的形位共有 414 個，詳見下表 [5]：

---

5. 關於《說文》小篆形位的統計數據，來源於齊元濤《〈說文〉小篆
　構形系統相關數據的電腦測查》，未經進一步核實，但應能看出形
　位與字符集的比例。齊元濤在上述論文一開始，說及他統計的底
　數，為了在統一形制下研究漢字構形系統，他要保持統計的底數
　全部是小篆，因此他說：「本文所說的小篆是指大徐本《說文解
　字》中的正篆、篆文重文和新附字。正篆，即《說文》中列作字
　頭的字，也許這個字本來就是篆文，也許它是由古文、籀文或隸
　書篆化而來，但只要它被列作字頭，我們就一律視為篆文處理。
　篆文重文，指重文中已指明是篆文的。新附字，即大徐本中所有
　的新附字。這三個來源加起來，共有 10422 個字樣。」

形位	數量		覆蓋字數	覆蓋字符頻度 (%)
成字形位	289	414	10422	100.00
非字形位	125		2434	23.35

　　漢字的每一個構形系統中所有不重複的成字形位與非字形位的多少和變體的多少，是衡量其構形的繁簡度和系統的嚴密程度的重要標準。小篆 414 個形位，成字形位參構了全部的小篆，非字形位則在 2434 個小篆中出現。414 個基礎元素可以構成上萬個小篆。小篆的非字形位雖然數目不少，但大多是古文字的遺存，有一部分屬於具有標示功能的構件，構字量很少，所以在系統中的作用較低，也就是說，這些形位對小篆系統不起主導作用。越是構字率高的形位，對系統的作用越大。通過統計我們還可以知道，小篆構字量在 100 字以上的成字形位有 77 個 [6]。我們以小篆構字量最高的前 10 位為例，可以看出成字形位在系統中所起的作用 。 小篆中構字量最大的前 10 個形位及其構字量 [7]：水 (468)，木 (421)，艸 (445)，人 (297)，心 (274)，手 (269)，言 (262)，糸 (259)，女 (244)，口 (228)。

---

6. 仍用齊元濤統計，見注釋5。

7. 這一統計來源是胡佳佳《〈說文〉內在系統的數字化模型研究》一文中的統計，她的統計底數是 9431《說文》正篆。

2.結構與層次

前面說過，漢字結構中，平面結構一般屬於圖畫型，帶有個體性，層次結構則屬於圖案式，具有模式化的特徵，既節約構形元素，又使內部關係呈現有序性，是構形呈現為系統的重要條件。小篆已經實現了絕大部分字符按層次結構構形，平面結構不到 2%，依照《說文》解釋，拆分至基礎構件，最多有 9 個層次，具體數字和比例統計如下表 8. ：

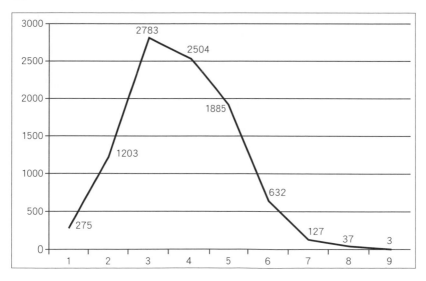

可以看出，《說文》小篆的結構層次以 3 層次為最多，2-5 這 4 個層次的結構數已經達到 8375 個 ， 占 9431 的

8. 取胡佳佳統計。

89%。可見《說文》系統的嚴密程度。

3.結構模式

前面說過，囊括古文字和今文字的主要構形模式共有 9 種，加上綜合運用多種模式的 2 種，共得 11 種。構形模式的類型由構件的功能來決定。構件在相互組合中彼此制約，使每一個構件的功能得到體現。小篆的構形模式可概括為 7 類，其所以簡化為 7 類，是因為許慎在作《說文解字》時，對構件的功能做了符合事實的處理。

首先，《說文解字》將每一個組成其他漢字的構件都成字化，也就是設置了它們的音和義，而將它們列入部首或正篆。前面說過，小篆每一個字的直接構件沒有再見於《說文》的只有 14 個，其餘都成為正篆甚至部首。實為非字而列為部首賦予音的，例如：艸 下含「莽」、「葬」、「莫」3 字，列為部首而涉「莽」賦予「莫朗切」(mǎng)；匚 下含「匠」、「医」、「匡」、「匪」、「匱」、「匣」等 18 字，列為部首，以「讀若方」賦予「府良切」(fāng) 的讀音；在應用領域，仌 早為 仌 所代，僅有構字功能而不單用，《說文》因其含有「凝」、「冬」、「冶」、「冷」等 16 字而列為部首，使與「冰」同音等。實為非字而列為正篆賦予讀音的，例如：隻 從 鳥 而 鳥 為非字，《說文》列 鳥 入《又部》，與

「沒」同音，林為非字，因𦫵從此而列入《夫部》，以「讀若伴侶之伴」賦予「薄旱切」(bàn) 的讀音……這一舉措說明，《說文》堅持以字說字的原則，希望建立一種漢字之間網絡狀的構形關係。

其次，《說文》僅將獨體字作為象形字處理，體現了《說文解字‧敘》所說的：「倉頡之初作書，蓋依類象形，故謂之文；其後形聲相益，即謂之字，字者，言孳乳而浸多也」的原則。而這些獨體字自身的構意雖具有象物性，但在構造其他漢字時已經成字而具有音、義，不再以表形功能體現構意了。

經過這樣的整理，《說文》小篆的構形模式有以下 7 種：

⑴全功能零合成字（即象形字）

⑵標形合成字（表形構件＋指事標示構件）

⑶標義合成字（表義構件＋區別標示構件）

⑷形義合成字（表形構件＋表義構件）

⑸會義合成字（表義構件＋表義構件）

⑹形音合成字（表形構件＋示音構件）

⑺義音合成字（表義構件＋示音構件）

這 7 種模式看似複雜，仔細分析起來，就可以看出其

特點：前面說過，零合成字在《說文解字》裡都是前四書的象形字，標形合成與標義合成的區別僅在標示構件的作用：指事符號所標示的是主體背景字的位置，位置中含有構意；區別符號不計標示位置，構意僅在區別 [9]。二者本質無別，都是前四書的指事字。形義合成字和形音合成字中的表形構件都是象徵表形的非字構件，屬於早期古文字的遺存，數量很少，它們實際上是會義合成字與音義合成字的邊緣現象。會義合成字即是前四書的會意字，音義合成字即是前四書的形聲字。化簡來說，《說文》小篆的構形模式完全可以歸納為前四書。而在這 7 種模式中，義音合成的字占 87% 以上。其餘 6 種模式僅占 12% 左右，而且，它們絕大部分都在義音合成字中充當過構件，因而也可以包含在義音合成字的結構中。更為重要的是，義音合成字完全進入了層次結構。

義音合成字，即傳統「小學」所謂的形聲字，它以義符為義類標誌，以聲符為別詞手段。前者為綱，後者為緯，構成了標誌鮮明的子系統。再以有序的層次來確定每個子系統中個體字符的相鄰相關關係。這就是小篆構形系統的面貌。

---

9. 詳見本書第六講漢字的構形模式。

六、不同時期漢字構形系統的比較與漢字史研究

　　漢字經過三千多年的變化，有著漫長的歷史。漢字的演變絕不是每個個體字符變化的簡單相加，而是經歷著由個體字符變化累積成整個系統變化——也就是量變到質變——的過程。在這個過程中的每一個階段，漢字究竟發生了哪些變化，為什麼發生這些變化，其中包含著哪些規律，只有對不同時期的漢字構形系統進行比較才能弄清。各個階段的構形系統既然是可以描寫的，相互的比較也就一定可以操作。試以甲骨文與小篆的構形系統總體作一比較，可以看到以下幾個重要的事實：

　　第一，根據初步測查，甲骨文的標準形位有 377 個，與小篆大體相當，但它的形位變體就有 2924 個，非字形位的比例也大大高於小篆。而且，小篆的構字總量是 9431 個，而甲骨文的已釋字（也就是可以分析構形、解釋構意的字）構字總量卻只有 1311 個，每個形位的構字頻率很低。這充分說明，與小篆相比，甲骨文字形不固定，形位的可歸納程度很低。

　　第二，在甲骨文的構形模式中，義音合成字只占 22%

強，而會形、會義、形義等非聲合成模式卻占到 77% 強。在非聲模式中，甲骨文的純會義合成字相當稀少，小篆沒有的會形合成與形義合成字高達 734 個，占了絕大多數。這說明，甲骨文的構件參構時的功能以表形為主體，示音、表義的功能尚未發揮。

第三、甲骨文的結構過程大部分還是平面組合，層次組合只有 355 個，連一半也占不到。這又進一步說明了，甲骨文不但構件的功能以表形為主導，而且結構的方式也是以圖形式為主。

以上三點說明了殷商至兩周階段，漢字的整個系統處在由表形文字向表義文字發展的階段。形位數量的固定和歸納程度的加強；構件功能從表形為主到以表義為主、示音輔之；結構方式從圖形式的平面組合到義音式的層次組合——這三點，就是這一階段漢字演變的主要表現。

再以小篆與隸書的構形系統作一總體的比較，又可以看出以下幾點重要的事實：

第一、隸書——以至更後來的楷書——在標準形位的歸納程度、以義音組合為主體、層次組合占主導地位等方面，完全承襲了小篆，但比之小篆更為簡化，隸書的義音化程度比之小篆更加大幅度增強，形體與物象的聯繫幾乎

不存在了，在任何一個層次上，構件的表形功能完全被表義、示音功能所替代。這一方面說明漢字總體的性質沒有變化，仍是表意文字；另一方面也可看出，構件的義音化給漢字的簡化提供了充分的條件。隸書、楷書今文字的形成說明，漢字的構形系統形成後，仍然不斷進行規整和簡化。例如，基礎構件既然不與物象聯繫，筆畫便可以統一地進行合理的減省。同功能的義符還可以合併，例如小篆的 〻（屰）〻〻（澮）到楷書裡就已合併為「水」。「鳥」與「隹」作表義部件時漸漸合併為「鳥」，「隹」只作聲符等等。聲符的一部分在不破壞同源系統的情況下，還可按其示源作用進行規整，例如從「弘」與「宏」得聲的字，已漸漸規整為從「厷」，從「宛」與從「苑」得聲的字則規整為直接從「夗」，這樣也可減省一部分聲符。漢字構形系統的嚴密與簡化是同時實現的，這是漢字發展的歷史趨勢中最重要的一點。

第二、隸書形位變體、構件變體、異寫與異構字的數量大大超過小篆，是因為秦代「大發隸卒，興役戍官，獄職務繁」，文字的使用範圍越來越大，長期缺乏許慎這樣的專家進行整理、規範的緣故。這不是它與小篆的主要差別。這種情況僅僅說明，漢字從個人書寫的隨意性、自發性，

經過長期的全社會使用，進入社會通行的層面，系統化的程度越來越高，但仍不能達到比較完善的地步，只有經過權威規範，而且是符合漢字構形規律地規範以後，才能使系統達到嚴密化。

第三、隸書與小篆的主要差別還在於，在隸書構形系統中，原來小篆的單形位構件大量變形、大量粘合，對構字意圖起作用的單位，本來是由單形位的末級構件作基礎的，隸書卻轉移到由字符一級拆分得出的直接構件上。例如：

「更」在小篆裡是義音合成字，從「丙」、從「攴」，隸書粘合後，「便」、「粳」、「梗」等字的構字意圖就不能從原來的基礎構件去找，而要在直接構件「更」上去找了。

「卑」在小篆裡是會義合成字，從「甲」、從「又」，隸書粘合後，「碑」、「埤」、「俾」、「婢」等字的構字意圖，無法再找到末級的單形位構件上，也只能由直接構件「卑」上去找了。因此，「六書」的前四書中的「獨體象形字」已經不存在了，易之以「全功能零合成字」，僅僅說明這些構形無法再行拆分而已，是恰如其分的。

以上初步的比較告訴我們，只有對每個歷史層面上的漢字構形系統作了準確的描寫後，經過比較，漢字的發展

歷史研究才會更加科學而減少臆測。在每個階段構形系統的測查與描寫逐步完成後，漢字的發展歷史與發展趨勢的探討，應當產生突破性的進展。在這些進展之後，漢字的性質、漢字的優化和簡化等素來有爭議的問題，較易取得共識。

漢字構形系統，應當是漢字構形學的最後落腳點，前面所有的知識，都要在這個問題上匯總，所以，講到這裡，對漢字構形學的大體脈絡的介紹，可以告一段落，下面主要討論漢字構形學在教學中的應用。

第十講
漢字構形規律與漢字教育

漢字構形學是一門應用很廣泛的學科，在普及方面，它首先是應用在各層次的漢字教育上。漢字教育是否需要科學化？解決這一問題，首先需要提高漢字教學的思想境界。

漢字教育的重要是因為漢字本身的重要。漢字是超越時空傳遞語言信息的符號系統，在一切信息載體中，它具有無可取代的作用。漢字與漢語的書面語不可分割，它是記錄現象、轉寫知識的工具。未經轉寫的知識，無法多次、多人進行加工，更無法進行創造性思維，社會的進步就會遲緩。漢字是具有民族形式的、適合漢語的書寫系統，它自身也是一種文化事象，使全民瞭解和正確使用漢字，是提高民族文化素養的奠基性工程。進入信息社會以後，漢字進一步與電腦網絡技術結合，成為國內國際信息傳播的載體。漢字的重要性更加突顯，漢字教學的質量也就變得十分重要。

小學一、二年級是兒童接觸書面語的開端，從此以後，學生要從閱讀中來積累詞彙，提高運用母語書面語的能

力，並逐漸跨越到自主的寫作。語文教學必須是以提高書面語讀寫能力為主。口才再好，沒有形成書面語，思考難以成熟、完整，優秀的理論論著、文學創作無法產生，任何大規模科學的延續性研究也無法實現。孩子們將來不論從事什麼職業，母語的運用能力將由此起步。識別和運用漢字的能力將決定他今後一切學習的速度和質量。全民漢字素養的提高，主要依賴小學識字教學這個開端。

下面我們從三個方面講解漢字構形學在識字教學中的應用。

一、根據漢字屬性確定初期積累字的字表

1.充分認識突破零的重要意義

開端意味著突破零。做任何事，突破零是最難的，小學一、二年級中文教學面臨的任務正是要幫助學生突破零。由於很多孩子在上小學之前已經認識了不少字，所以，小學老師們缺乏突破零的意識。這是一種誤區。不論孩子在學前階段學了多少字，就正規的系統學習而言，都應當看做是零起點——識字的零起點，書面語閱讀的零起點，詞彙積累的零起點。因為，漢字教學不是僅僅以認識字為

目的，更重要的是要通過教學過程讓學生產生對表意漢字構造特點和使用規則的感受，這種感受是非常重要的——一方面，科學的教學程序和合理的方法會在不知不覺之中養成孩子們良好的學習習慣；另一方面，只有當這種科學的教學程序和合理的教學方法運用到足夠的程度，才能激發起孩子們希望瞭解漢字的好奇心。中國傳統教育講求「不憤不啟，不悱不發」，孩子們有了這種好奇心，才能在感性識字的基礎上，提高對漢字的理性認識。所以，提高漢字教育的科學性是十分必要的，教學的科學性不是僅僅為了識字教學的數量和速度，更重要的是要把漢字作為一種表意文字的科學理念注入到孩子們的心中。漢字教學的導引一定要按規律進行，才能完成為漢字教育奠基的使命而有利於學生的終身學習。

教學是否按科學的方法和程序進行，效果是完全不一樣的。但是由於這種潛在的教學質量不能明確地表現出來，所以不能引起老師們和教材編寫者的重視。根據近年對小學識字教學的調查和瞭解，我們認為教學的科學性不僅僅是教法的問題，更重要是學理的問題。關注教學技巧固然很重要，但教師在學理上的精透和豐富應當是更為重要的。學理指的是在對漢字的科學認識基礎上必須把握的

規律，所謂「教無定法，教有定則」，學理就是需要遵循的「定則」。漢字教學科學性的體現是多方面的，首先需要從科學選擇的初期積累字入手。

周有光先生提出了一個「漢字效用遞減率」，做出了下面一個效用遞減的模型 [1.]：

字種數	增加字數	合計字數	覆蓋率
1000		1000	90.000%
1000	1400	2400	99.000%
2400	1400	3800	99.900%
3800	1400	5200	99.990%
5200	1400	6600	99.999%

這個模型告訴我們，1000 個漢字已經能夠覆蓋現代漢語閱讀文本的 90%，再加上 1400 個字，達到 2400 個字，覆蓋率增加了 9%，達到 99%。又加上 1400 字，達到 3800 字，覆蓋率達到 99.9%，僅僅增加了 0.9%……以後依次遞減。我們可以用下面的函數圖來表示效率遞減的狀況：

---

1. 詳見周有光《中國語文縱橫談》第四章第二節（《周有光語文論集》第二卷 109–110 頁）。

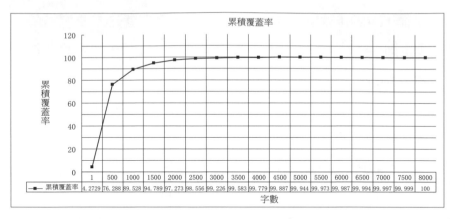

上圖 [2.] 是利用 7000 萬字平衡語料庫 [3.] 實際測查出的字頻與覆蓋率的遞進關係。 從這個實際測查的函數關係中，完全證實了周有光先生的推測。

識字教學的初期，在沒有其他憑藉的情況下講解課文同時識字，一般要借助 6–7 歲孩子良好的記憶力。教材的編寫人員和老師會產生一種錯覺，認為孩子們去記憶任何字花費的力氣都是一樣的，不會考慮初期識字選擇一個字的應用效率和對以後識字的推動作用。其實，就漢字的應

---

2. 見《數理統計方法在漢字規範中的應用》（周曉文，王曉明。《語言文字應用》2008 年 2 期）。

3. 該語料庫按年代、文本體裁、內容主題、類別等多方面平衡的原則，收錄 1919–2002 年的語料 9100 萬字符，除去其中摻入的文言部分，其中純漢字 4700 萬字，不重複的漢字 8181 個。其後語料仍持續增加。

用價值而言，覆蓋率高的字使用頻度必然高，用同樣的時間和精力，教一個常常遇見的字和教一個不常遇見的字，哪一個更為「合算」，這是容易得出結論來的。把一些很少使用的字又沒有帶動作用的字放到一年級甚至第一冊教材裡，有時候是出於閱讀課文思想感情表達的需要，但是在教學時對低頻字和高頻字用同等的力氣去教學，甚至以閱讀為唯一的目的對難字更加著力去疏通，對識字教學的短效是不「經濟」的，對以後教學的長效，更會產生潛在的不利因素 。 為了使孩子們的識字一開始就進入科學的軌道，讓他們的成就感不斷增加，記憶力更少浪費，選好第一批教學的基礎漢字，是非常必要的。

　2.選擇初期積累字的綜合條件

　⑴字頻高，對語料的覆蓋率高

　　選擇初期積累字需要有科學的標準。這個標準首先是字頻和字的覆蓋率。在以閱讀為中心的漢字教學中，如果僅僅關注的是教材課文的閱讀，而把識字完全變成課文的附庸，碰見什麼字就教什麼字，這種教學將產生兩方面難以解決的問題：一方面，課文是以思想內容和詞語對兒童的難易來選擇編排的，字的出現是無序的。由於漢字和漢語詞彙的難易度並不一致，如果課文的選擇編排完全不考

慮識字，就會出現詞易而字難的現象。另一方面，剛剛進入書面語學習，閱讀必須依賴識字。零起點的識字要想鞏固所學，必須在較短的時間段中多次重複。如果初期學習的課文沒有機會多次重複，遺忘率必然大大增多。要想選擇複現率高的字，就要從字頻和字對語料的覆蓋率入手。從上圖可以看出，在字頻將近 1000 位的段落中，漢字效用的增長十分迅速，而當字頻達到將近 2700 位時，漢字效用的增長已經非常緩慢了。所以，選擇初期積累字要在字頻 1000 位內的字中去選擇，才更為有效。這裡必須說明的是：上述字頻統計的語料庫，是成人閱讀的語料庫，而低年級學生閱讀的語料，與成人的差距是很大的。成人閱讀的語料庫是根據普遍社會應用層面來確定的，基礎教育識字教學的字頻統計，應當採用專門研製的語料庫。我們可以列舉 9 個字，比較以下三種語料庫中不同的字頻排列：

字頻來源 ＼ 漢字抽樣	中	國	發	年	成	種	分	體	物
7000 萬字平衡語料庫頻次	13	21	29	33	43	50	52	73	80
教育與科普綜合語料庫 [4.] 頻次	9	26	31	39	24	37	36	38	18
適合低年級兒童文學語料庫 [5.] 頻次	132	156	103	223	119	251	299	541	264

4. 該語料庫為收 1951–2003 年的中小學通用教材及科普讀物語料 404 萬字。

5. 該語料庫為北京師範大學兒童文學專家陳暉教授主持研製，收適

從上表中我們可以看到，表中的 9 個字，在 7000 萬字平衡語料庫和教育與科普綜合語料庫中的頻次，都比較靠前，但二者也有比較明顯的差距；而在適合低年級兒童文學語料庫中的頻次，要靠後得多。這是因為，6-8 歲兒童的心理詞典，與成人用詞是有較大差距的。

⑵**選擇兒童心理詞典中存儲詞的用字**

漢字是記錄漢語的，認字不僅僅是能夠指認某個字形，必須把字形與語音、語義關聯起來才有價值。換句話說，完整的識字過程，是把漢字的形體和詞語的音義全面聯繫起來，也就是要全面完成把口語轉化為書面語的任務。因此，學習漢字必須依賴語言習得，而且是滯後於語言習得的。特別是在突破零的階段，學生先從口頭上會用了這個詞，才能進一步認識記錄這個詞的字。最容易接受的字是書寫兒童已經會說並能夠理解使用的詞的字，也就是書寫兒童心理詞典中已經存儲的詞的字。

心理詞典指的是已經成為語言能力、可以用來思維和交流思想的詞的彙集。它是隨著生活經驗積累起來的，所以與年齡和環境有直接的關係。每一個人的心理詞典都不盡相同，但一定年齡段、生活環境大致相同的兒童，可以

合小學一、二年級兒童閱讀的各種體裁文學作品 570 萬字。

有一個具有社會共同性的高頻詞詞典，書寫這個詞典裡的詞的字，對兒童來說，音義是熟的，只需要把字形與詞關聯到一起就完成了識字的任務。

一個學生在他這個年齡段根本就無法理解和應用的詞語，在識字初期，學習和記憶的難度就會增大，而且即使學會，使用的價值也會很低，遺忘的機率也就很高。例如：

「媽媽」、「想」、「愛」、「這兒」——熟詞，生字，音義已經掌握，只教字形。

「處理」、「沉思」、「慈祥」、「憂慮」——生詞，生字，音義不熟悉，兒童語言很少使用，如果需要，只能形音義一同教。

「惆悵」、「蒼茫」、「貿易」、「豪門」——生詞，生字，詞語意義對兒童是超經驗的，基礎教育階段很少遇到，遺忘的幾率很高。

上面的例子是要說明，應對 6-7 歲兒童的實際口語中統計高頻詞表，從中獲得字頻，作為選擇初期積累字的依據。

初期識字無可憑藉，識一個字，不但要能夠鞏固，還要對後面的識字有帶動作用。從兒童的心理來說，識字的成就感是激勵今後學習興趣的關鍵。認一個就用一個；認

一個能帶動好幾個，才能產生成就感。費了好大勁認識了，
過了很久還見不著第二次，這是對記憶的一種浪費。

(3)構字頻度高

選擇初期積累字的第三個條件是漢字的構字頻度。漢
字的重現率不只表現在詞彙裡，還表現在它作為其他字的
構件的頻率，也就是它的構字率。構字頻度高，特別是作
表義構件的構字頻度高，再現的可能多，還有利於帶動第
二階段的學習。以兒童文學語料庫前 1000 頻次的字作為預
選，重新以構字頻度排列，再度選擇，可以得到使用頻度、
覆蓋率和構字頻度都較高的字集。

構字率的重要性不但是它重現率高，不易遺忘，還有
一個很重要的作用，是培養學生在符號不斷重複的情況下
的歸納概括能力。例如：「女」在兒童口語中單獨出現的頻
率並不高，字形的象形性也已經減弱，單獨記憶它的形體
是有一定難度的；但是，當對女性親屬的稱謂 「媽」、
「姐」、「妹」、「奶」、「姨」、「姑」、「嬸」、「婆」 等一一出
現後，「女」 字的音義應當很順利地被歸納出來。

(4)構形簡單，構意明顯

在同時滿足上述條件後，還應當特別關注所選漢字的
結構，結構相對簡單，即構件一般不超過 3 個，層次一般

不超過 2 層，更有利於學習。在 2–3 部件的字中，構成合
體字的部件，一般應當是包含在所選字中的成字，或者是
結構部首（「扌」、「亻」、「氵」、「忄」、「言」等），還要優
先選擇構件關係有明確字理，可以從講解中使學生產生漢
字表意意識從而引起興趣的字。例如：「穿」——用牙啃出
洞，「窗」也要開一個洞，歸納出「穴」，再與「家」、「客」
比較，不但提示了「宀」是房子的構意，也為將來「穴」
的講解提供了預備的知識。

⑸**適當選擇虛詞，以便組句**

在初期積累字中，要有必要的虛詞，以便組成句子。
字詞只有進入了句子，有了語境，才進入了使用。單獨的
字詞只是儲備，是難以鞏固所學的。否定副詞「不」、結構
助詞「的」、介詞「把」、連詞「和」等兒童口語中的高頻
虛詞，都是必要選入的。

從上述條件可以看出，選擇初期積累字的標準應當是
綜合的，是既考慮到漢字的形體結構，又考慮到漢字的構
造理據；既考慮到漢字的構形屬性，又考慮到漢字的記詞
職能的。所以要這樣做，是因為基礎字的作用是多方面的。
有些理論主張用單一的標準來確立識字的先後，例如，有
人單純用字頻來確定基礎字，也有人認為獨體字一定要先

於合體字教，而把獨體字作為基礎字，還有人認為部首字都是基礎字。這些說法不論對漢字的科學分析還是對漢字教學規律來說，理解都過於簡單了。

哪些字適合作初期積累字呢？在高頻字裡，可以優先選擇以下字：

首先是可以單獨成詞、構字量又比較大的部首字。例如：「水」、「土」、「火」、「山」、「石」、「木」、「日」、「月」、「雨」、「人」、「心」、「手」、「衣」、「刀」、「斤」、「走」等。

其次是構形不太複雜、與兒童生活關係密切、構詞量也比較高的字。例如：「來」、「去」、「大」、「小」、「多」、「少」、「今」、「明」、「天」、「地」、「田」、「門」、「拉」、「打」、「行」等。

再次是構意明顯、可以帶動其他字學習的字。例如：「一」（可帶動二、三）、「八」（可帶動四、六），「花」、「草」（可引入草頭的字，同時帶動與化、早有關的字），「看」、「見」（可引入從目的字）等。

初期積累字的數量可以根據具體情況確定，如果選擇精確，一般在 350–400 字左右，基本夠用了。

3. 初期積累字的使用與講解

初期積累字選擇後，需要充分利用，重點分析，講解

透徹。前面談到，它有利於形成學生的歸納綜合的思維方法。這裡再舉例說明它在對漢字構形系統的顯示中所起的作用。例如：「口」的書面語語體色彩比較濃厚，在兒童口語中的使用頻度並不高，在單用時已經被「嘴」代替，適合兒童口語的構詞量也不大；但是，通過它去識別「吃」、「喝」、「哈」、「呼」、「唱」、「叫」、「吹」、「吐」等口語高頻詞，它的意義很快就可以歸納出來。一個基礎字在構字時可以作義符，也可以作聲符，歸納聲符的作用也是顯而易見的。例如：「青」構成「清」、「(事)情」、「請」、「(眼)睛」、「蜻(蜓)」等字(詞)，都是表音度很高的兒童口語高頻詞，對記憶語音、關聯口語，特別是從這些詞的讀音中啟示學生體會形聲字的特點，也是非常重要的。

不僅如此，它還有利於在認同歸納中產生分析的習慣。例如，下面的字是需要在相同的歸納中加以區別的：

「太」與「大」比較，「少」與「小」比較，「本」與「木」比較……可以歸納二者意義的關聯，同時區別語音的差異。

「京」、「亭」，與「高」比較，可以歸納出它們的形體都來源於高的建築物，而音義又有差異。

「問」與「們」比較，可以歸納出它們語音均來源於

「門」，但構形則「門」既可以放外面，又可以放在右邊。

　　「扣」與「吃」、「唱」、「叫」等字比較，可以分析出同樣一個「口」，構字時有的採用了它的聲音，也有的採用了它的意義。

　　有意識的比較，不僅僅是在聯繫中鞏固所學，更為重要的是積累理念。在小學一、二年級階段，直接講授漢字構形規律是沒有必要的，但通過漢字的具體分析和不斷積累啟發學生感悟漢字的特點和規律，使他們理解漢字、熱愛漢字又是必須做到的。

　　初期積累字選擇得準確，漢字教學的效率和質量都會有很大的提高，但在教材編寫時，特別在編選一年級的課文時，這是一個非常容易忽略的問題。教材應當有意識的將容易而有用，又能夠帶動後一階段學習的漢字，有計劃地編進課文，並對這些字的漢字教學有計劃地進行提示。只顧閱讀、讓識字附庸於閱讀的做法是不利於基礎教育總目標的實現的。

　　初期積累字有多少可以起到應有的作用，經過測查，大約 300–400 字左右較為合適，在一年級的兩冊語文課本中選擇 300–400 字精講，對教材編寫和課堂教學都不會產生困難，也正因為選出的字數量不多，對科學性、有效性

的要求也就越高。不過，漢字屬性的研究日漸成熟，教學經驗也有較多的積累，利用語料庫和電腦數據庫來綜合選出這些初期積累字，應當是可以做到的。

二、科學講解漢字的字理

字理就是我們前面講到的構意。漢字是表意文字，早期的漢字大多是根據漢語中與之相應的某一個詞的意義來構形的，這種根據某一個詞的意義來設計字形產生的構意，對漢字形體的構造具有可解釋性；所以，分析漢字必須構形與構意同時分析。

講解字理是小學識字教學不可或缺的內容。在進行字理教學時，有三個重要的問題需要解決：首先是我們講解字理的目的是什麼？很多老師認為，是為了激發學生的學習興趣，使漢字教學不要太枯燥，這種認識是否正確？是否全面？第二是漢字的字理講解有沒有科學性和客觀性？是僅僅從激發興趣出發隨意發揮呢，還是必須遵循一種科學的規律？第三是如何進行字理講解？這種方法的適應性是什麼？是否有必要把「字理教學」當做一種「流派」來推出？以下要討論的主要是這三個問題。

1.字理教學的意義和作用

在小學識字教學階段，適當講解字理，的確能夠提高學生的學習興趣。但是，字理教學的作用遠不止此，只有深入體會字理教學的作用，才能更自覺地做好這項工作。

⑴講解字理的重要目的，是使學習者對漢字的表意性質有所體會，而認識漢字的表意性，是把握漢字科學的最重要的前提；因為，作為表意文字的漢字，與大家熟悉的外文比如英文，在書寫和應用上都不相同，理解表意漢字的特點，才能對漢字有清晰的感覺和正確的理念。可以說，漢字的一切規律都建立在這種書寫符號的表意性上。小學識字教學是漢字教育的正常開端，從一開始就培養學生對漢字正確的感覺和認識，使他們對漢字的構造充滿了探索的興趣，喜歡認字和寫字，是一個很重要的教學目標。這個教學目標是在字理教學中潛在完成的。試想，當孩子們發現那些橫豎撇點折毫無意義交錯著搭成的符號，原來是自己熟悉的物件經過幾千年演變成的 [6]：

日　月　山　龍　禾　角　車　貝

當他們知道，書寫那些稱謂自己女性親屬——姐姐、

---

6. 以下字形均為金文。

妹妹、媽媽、阿姨、姑姑、嬸嬸、奶奶、外婆……的漢字左邊或下面都有一個「女」字的時候，他們還會忘記那個不很規則的「女」字嗎？

一旦他們饒有興趣地推測所見漢字為什麼這樣構形的時候，他們對表意漢字魅力的體驗是不用老師去深說的。

⑵漢字的構形是一個系統，每一個字的設計都不是孤立的，只有講解字理才能讓學生看到這個系統，讓他們時刻關心字與字之間的聯繫。他們會看到從「艹」的字都是草本植物，而从「木」的字都是木本植物。在這個事實中，他們將體會到古代形聲字的歸部與現代科學研究的成果如此一致，說明古人已經有了植物分類的意識。他們從「繼一續」、「纏一繞」、「締一結」……都从「糸」的字形中，能思考出這些組詞的字的關係和差別。引導他們思考「均」與「勻」、「究」與「九」、「梢」與「小」……字形與字義的關係，可以啟發他們對形聲字與聲符關係的探討。在一個個關係的探討中，他們會懂得建立字與字關係的重要性，養成不孤立去看單個漢字的習慣，而是在字與字的真實關係中用此字去解釋彼字。這裡面就潛藏著漢字構形系統論的思想觀念。

⑶字理是聯繫字與詞的紐帶。目前小學的識字教學都

是與閱讀教學同步進行的，講字形需要單獨設立漢字教學的模塊；而詞義的講解卻是在閱讀的課文中進行的。這就決定了，講字與講課文能結合起來，才會有事半功倍的效果。為了說明字理是聯繫字與詞的紐帶，這裡需要強調兩個漢字學的術語——一個是「實義」，一個是「造意」。「實義」是詞進入語境以後用來表達思想的意義，也就是通常我們所說的詞義。「造意」則是漢字形體構造中體現出來的造字意圖，「造意」是「實義」的可視化。造意是字意，實義才是語義。造意和實義在有一些字與詞裡是統一的。比如：

「江河湖海」從「水」，它們都是水流或水域。

「梅柳橘棠」、「棟梁楣椽」都從「木」，前一組屬於木本植物，後一種屬於土木結構建築物的木質構件。

「憂愁思想憎惡憤怒」都從「心」，它們都是心理活動。

這些字的造字理據與它們的詞義完全一致，可以憑著字的形體理解和記憶它們的詞義。教字也就同時教了詞，漢字教育與閱讀中的詞彙積累同步完成，一舉兩得。

但是另一種情況就不同了。有一些造意與詞義——特別是現代漢語的詞義只有一種折射作用，如果不從分析字

理入手來轉向詞義，是難以通過字來理解詞義的。例如：

「理」字從「玉」，但解釋這個詞的詞義並不能夠很快與玉聯繫上。通過它的造意分析，才能明白它取象於玉的原因——因為將玉雕刻成玉飾或玉器要順著玉的紋理從事，治理、整理、理順等意義都是一種條理化的行為，治玉是這些意義所選擇的相似的典型形象。

「解」字從「刀」，從「牛」，從「角」，它所具有的解開、解脫、解散、分解、化解、溶解、融解……等意義與刀、牛、角並不能直接聯繫到一起。分析它的造意，從用刀來解剖一頭牛的取象中，可以得到將結合的事物分解開來的意義，解牛是它的造意，分解的詞義由造意中可以體現出來。

從上面的例子可以看出，詞義（實義）具有廣義，也就是人們常說的具有一定的概括性，而字意（造意）是詞義的具體化，是從詞的廣義中選擇一個單一的、可視化的典型形象來完成對廣泛詞義的表現。經過字理的分析，將具體的造意與廣泛的實義溝通，也就是把字與詞聯繫在一起，可以達到既能瞭解表意的漢字，又能理解語言的詞義的雙重目的。這正是閱讀與識字「雙贏」的做法。

(4)講解字理，可以增強學生的想像力，提高他們學習

漢字的興趣，把枯燥無味的識字、寫字課，變得活潑、生動、快樂。在漢字的字理中，存在生動的生活形象，含有古代的文化知識，要學生訴諸於認知的心理，發揮自己的聯想能力，得到前所未有的新鮮知識。

有人為了增強漢字教學的趣味性，常常違背漢字構造的科學規律編一些歌謠來亂講漢字的形、音、義。應當看到，漢字構形與構意的科學規律，為增強教學的趣味性提供了足夠用的條件，在漢字科學指導下教學，可以發掘的趣味性是很多的：興趣來源於漢字的形象性。在講解獨體象形字的時候，古文字的形體可以作為背景，幫助識別和記憶。興趣來源於漢字的可解釋性和可聯繫性。例如，從「買」、「賣」、「財」、「購」、「貿」、「貨」、「貴」、「賤」……等字中可以歸納出「貝」字，又可以用古代以貝為貨幣的歷史來解釋它們从「貝」的文化背景，然後可以把這批字與商業活動聯繫起來，知道它們表義構件所表示的類別。能夠恰當運用漢字的科學屬性，產生的興趣才是有意義的。

2.漢字字理的規律和字理教學的科學性

講解字理有重要作用，但在教學中，也常常發生亂講漢字的現象。有人認為，現代漢字已經沒有理據了，可以

隨便講，怎麼講都是對的，只要能講得讓學生記住就行。這是一種錯誤的認識。漢字學是科學，漢字的講解必須是科學的，不科學地講解漢字，肆意而為，造成思想混亂，會使學生的文化素質下降，而且不利於他們的繼續學習。字理教學的科學化問題需要強調。

下面幾個原則，是講解漢字時必須遵循的：

⑴漢字是由構件組合而成的，每一個組成字的構件，都已有確立的形、音、義，講錯了部件的形、音、義，就會使整個字的講解發生錯誤。例如：

韭菜的「韭」，像一把多年生的草本植物長在地面上，下面的「一」象徵地，上面的「非」像可以一次次割下來叢生的韭菜。有些人因為「韭」上的「非」與非常的「非」外形一樣，硬把它講成「不是（非）只有一根，而是一大片」；卻把從「非」的「悲」講成「心裡像長了韭菜一樣悲哀」[7.]。

這種講法硬把韭菜和「否定」拉扯在一起，已屬荒唐；再和悲哀的感情拉扯在一起，更是離奇。照此講下去，「排」豈不是變成「手拿韭菜」，「緋」豈不要變成「絲捆

---

7. 見安子介《劈文切字集》、《解開漢字之謎》（英文名《Cracking The Chinese Puzzles》）。

韭菜」？

(2)漢字的部件在進入構字後，就具有了或表示字音、或表示意義、或是古文字時期象形字的楷化、或起區別標示作用的功能。解釋漢字必須依據它們的客觀功能，講錯了或曲解了部件的功能，就會使整個字的講解發生錯誤。例如：

「餓」字中的「我」，是表示字音的部件，但有些人硬要把它講成「我要吃（食），因為我餓」，把「我」曲解為表意部件[8.]。

這種把示音構件的「我」講成第一人稱的「我」的錯誤講法，會使學習者對從「我」的一系列形聲字進行類推，「俄」、「娥」、「峨」、「鵝」的講解，就會被類推成「我的人」、「我的女兒」、「我的山」、「我的鳥」，豈不把學生引入歧途！漢字是以形聲字為主體的，示音聲符和表義義符都對形聲系統起歸納作用，把具有示音功能的構件講成表意構件，就會擾亂形聲系統，造成講了一個，亂了一片的嚴重後果，反而增加了識字的困難！

(3)前面說過，漢字的構形意義（造意）是反映詞義（實義）的。而實義又是在語言環境中體現出來的、可以檢驗

---

8. 同註7。

的意義。講解漢字字形的根本目的是解釋詞義。現在有一些社會上的人借講解漢字發揮某些文化理念，為了附會自己說教的目的，提出一些沒有根據或似是而非的說法，亂講本義，對識字教學的衝擊很大，例如：

「和」的本義是「唱和」，在古代，「唱」是領唱，「和」是和聲。「禾」是表示聲音的部件。有人把「和」中的「禾」解釋成代表糧食，「口」代表人，說明有飯大家吃和大家有飯吃就是「和」，還說「這個字代表了民生問題」。完全曲解了「和」的本義。

「國」，外面從「囗」（應讀 wéi），裡面從「或」（應讀 yù，是域的古字），以疆域代表國家。簡化字裡面改成「玉」，就是改用一個筆畫更少的「域」的同音字。有人卻把「國」講成：外面的「囗」，是一個國家的領域，包括領空、領海、領土大陸架。裡面的「口」是指人的口，也是指每個中國人，而「戈」有三層含義，一是指勞動工具，中國每一個人都會用勤勞的雙手創造出物質財富；二是指有識別能力，中國人能夠分辨出善惡美醜；三是指武器，當有人侵略我國領土時，人人都會拿起武器奮起反擊 [9]。

這種利用講字進行說教的辦法，如果符合字理，也許

---

9. 這兩個例子取自《土生說字》（人民日報出版社，2006 年版）。

有一定的好處，但沒有根據的牽強附會對小學識字教學是有害的，如果學生問：「國」字難道是「中國」專用的嗎？「美國」、「德國」的「國」也可以這樣理解嗎？講解者將何以對答？

(4)由構件構成漢字，大部分是依層次逐級組構的，字理是逐級生成的。小部分是一次性平面組構的，以集合的方式產生字理。在講解漢字時，必須按它們客觀的組合方式來進行，也就是說，既不能把層次結構講成平面結構，也不能把平面結構講成層次結構，否則就會發生錯誤，而人們常犯的錯誤是不懂得漢字結構層次生成的道理，見一個構件講一個構件。例如：

「照」的組構是依層次進行的，符合下面的組合層次前面已經講過，可以用下列結構式表示：[(刀＋口)＋日]＋灬，有人見一個部件講一個部件，把「照」字講成「一個日本人，拿了一口刀，殺了一個中國人，流了四滴血。」這個講法犯了多種錯誤，不但扭曲了「照」的本義，掩蓋了「照」按層次組合的結構方式，還把表示聲音的「刀」、表示意義的「日」、「口」、「灬」統統講錯。嚴重違背了漢字講解的科學性。

(5)漢字的結構單位是構件，筆畫只是書寫單位，除了

少數筆畫同時也是構件（單筆構件）外，是不能用筆畫來講解字理的。比如：

「佛」字从人弗聲。有人這樣講其中的「弗」：「佛」的右半部分由「弓」、「丿」、「丨」組成，「弓」字彎彎曲曲，喻示從凡間到極樂世界的路不是一帆風順的……「弗」中之「丿」為邪，「丨」為正，「丿」、「丨」穿「弓」而過，表示不論是正人邪人、善人惡人，只要能棄邪歸正，棄惡從善，摒除「貪」、「嗔」、「痴」，嚮往「真」、「善」、「美」，均可成佛[10.]。

不論這番話講佛如何，就講字而言，實在荒唐。如果「丿」為邪，「丨」為正的說法能夠成立，「井」、「并」、「開」……中的「丿」和「丨」如何解釋？即使是同樣的「弗」字，「拂」、「沸」又如何解釋？這種說法讓不明字理的成年人聽了，也會感到困惑，搬到小學識字教學裡，衝擊了科學識字教學，危害是不言而喻的。

上面舉了一些錯誤非常突出的例子，為的是強調用漢字構形的科學規律，來說明講解漢字的規則，也說明學習和掌握科學漢字學的重要性。

---

10. 這個例子取自《土生說字》（人民日報出版社，2006 年版）。

3.講解字理在識字教學中的適應性

這裡，還要說明字理教學的兩點適應性。首先需要明確的是，漢字構形是發展的，現代漢字經過隸變、楷變的過程，出現了一批粘合、省簡、變形、錯訛而部分或全部喪失了理據的字，這些字必須上溯它的形源，才能講得清楚。例如「春」，篆文從「艸」，從「日」，「屯」聲，在隸變中，它的上部逐漸粘合簡化，無法講解了。要想講它，必須溯源。有人把「春」講成「三人一起晒太陽」，這就是強以無理為有理了。現代漢字全部或局部喪失理據的字很多，只能通過溯源來理解它的原初理據。我們不提倡在基礎教育階段講古文字，所以，字理教學能夠適應的僅僅是一部分字，不是每個漢字都要講解字理。

其次，講解字理其實是以字講字，在系統中講字，在初期積累階段，學生識字還不多，是很難講解字理的。講解字理一般要在學生識字達到一定的量時才適合進行。從這兩個適應性來看，字理教學只是識字教學的一種方法，需要和其他方法配合使用，當成一種流派來推出是不合適的。當然，施行字理教學也是需要精心設計的。要講，就要科學講解，有程序地系統講解，不要違背漢字構形規律，不要把漢字系統講亂，要為學生進一步的學習打下良好的

基礎，並且培養學生科學的漢字觀念，所以，這是提高學生文化素養的一個非常重要的方法。

三、充分發掘歷史文化在構意講解中的作用

文字與文化的關係是文字學和歷史文化學的交叉課題，對於漢字這種表意文字來說，文字與文化的關係尤為重要；因為，如果沒有文化因素的介入，不論從總體上還是從每一個漢字個體上，都無法準確深入地理解漢字。

在漢字教育裡，發掘和正確講解漢字構意中的文化內涵，不但可以使學生更深刻地認識漢字，還能因此引發學生學習漢字的興趣。

歷史文化在構意中的蘊藏，表現在下面幾個方面。

1.早期象形字的繪形特點攜帶的歷史文化內涵

在甲骨文中，表示動物的字原始構形理據反映人類對動物特徵的認識。例如：

𧰨（象）　𧈢（虎）　𪊽（鹿）　𧱸（豕）　𤝂（犬）　𢒉（馬）

以上六種動物，都與古人的生活有比較密切的關係，記錄牠們的字形都屬於獨體象形字。本著漢字造字區別律

的原則，它們的構形必須具有一定的可供分辨的區別度；
然而文字要為形象大同小異的字構建具有區別性的字符，
必須把握這些動物的特點。這些象形字，「象」突出長鼻，
「虎」突出利齒，「鹿」突出角，「豕」（豬）突出腹，「犬」
突出翹尾，「馬」突出奔跑揚起的鬃毛。文字的設計反映了
古代人狩獵和畜牧的生活，他們不但對野生動物的馴獸能
夠細微觀察，就是對一些猛獸也有近距離接觸的生活經
驗。

　　又如：金文的「番」作，義為獸的足跡，上從「釆」
(biàn)，下寫「田」，田是獸足的形狀。其實，「釆」是
「番」的古字，《說文解字》中「釆」與「番」已分化。
「番」仍訓「獸足」，古文作「　」，「釆」則訓「辨別」，
而且「讀若辨」，也就是說，古代文獻不寫「釆」而寫
「辨」。從漢字構形可以看出，從「釆」從「番」的字都有
「仔細觀察」、「分析」等意義，如「審」當「仔細辨別」
講，「釋」當「分別物類」講，「悉」當「詳盡明白」講……
這些都可以看出「獸足」和「分別」意義之間的關係。古
人靠辨別各種足跡來得到鳥獸活動的信息，避猛獸而獵獲
食物。《說文解字‧敘》：「見鳥獸蹄迒之跡，知分理之可相
別異也，初造書契。」鳥獸之足跡讓人們逐漸懂得，不同

的圖象紋路可以表示不同的事物、意義，從而得到象形文字的啟發，是合乎事實的。

2. 表義構件攜帶的歷史文化內涵

漢字的構意取象來源於古代的生活實踐經驗，表示類別義的構件構字量的多少，帶有歷史文化的信息：構字量大，也就是在事類場 [11.] 裡產生漢字的密度較高，說明這一事類與人類生活密切相關。例如：前面說過，《說文》小篆反映了周秦、兩漢時代的文化，「艹」、「木」、「竹」、「禾」是《說文解字》中表示植物的四個大部首。它們所轄字的總數達 1195 字，約占《說文解字》總字數的 11%，植物場密度加多，是因為中原地帶在周秦、兩漢時代的生產已經進入農耕為主，人類生活與植物的關係更為密切。四個部首的劃分說明了很多問題：一方面說明古人對草本植物與木本植物已經分得很清。在草本植物中，自然野生與人工種植在人們心目中已經有了明顯的區別。草本與木本兩

---

11. 事類場是把同一事類的字或詞聚合到一起形成的類聚，事類不等於義類，它是按生活事實來分類的，可以隨著研究的需要隨時確定範圍。例如：可以確定商業為一個「場」，也可以確定「購物」為一個「場」；可以確定「農業」為一個「場」，也可以確定「播種」為一個「場」等。

方面的動詞也已經分立了：種樹叫「植」，取木本植物直立的特點；種莊稼叫「種」，取用種子散播或點播的特點。竹，現代歸禾本科，分布在亞熱帶地區。《說文解字》解釋作「冬生草也」，可見也是把它看成草本植物。《竹部》的確立說明，中國南部長江流域的文化已經與黃河中下游文化有所交融。又如：「張」、「弛」、「引」、「發」、「彎」、「弢」、「弧」、「彊」（強）、「弱」……都从「弓」。「轉」、「運」、「軍」、「轄」、「軸」、「輕」、「輔」、「輸」、「軌」、「斬」……都从「車」，而且很多常用義由這兩類詞引申，可以看到周代駕車與射箭的重要——周代「六藝」為「禮樂射御書數」，駕車與射箭既是戰爭的重要手段，又是一種經常施行的禮儀，還是一種必要的學習、考試科目。

　　表示個別義的義符有的也含有歷史文化的內涵。例如：「獨」从「犬」，「群」从「羊」，這是放牧的生活圖景：牧羊犬只有一個，而被放牧的羊則是成群的。「突」的造意是犬從洞穴中突然竄出，這是獵犬的形象。「默」也是獵犬的形象，在獵物面前，獵犬不但竄出很快，而且在等待獵物時是不吠的。

3.漢字歷時發展中反映的歷史文化內涵

　　表意文字形聲字類別的變化，往往反映出社會的發

展。例如：在小篆裡，器具中從「鬲」的很多。「䰞」、「䰞」都從「鬲」，因為它們主要是陶製的，後來「䰞」寫作「鍋」，「䰞」寫作「釜」，字都改為從「金」，反映了青銅器時代的文化信息。陶器已經很少使用，器皿以金屬製品為主了。

　小篆「又」與「寸」的分立，也反映制度帶來的觀念變化。表示酒器的「尊」甲文寫作，金文作，加上「八」表示酒傾而出。小篆承襲金文，而將下面的兩手改為「寸」作，這是因為古人以酒器定位，「尊」已發展出「尊卑」之義，而小篆中的「寸」含法度之義，改從「寸」，正是適應「尊卑」義而為之。同樣，表示酒器的「爵」因像雀形而名，甲文、金文都是象形字。小篆作，上半部是金文的變體，下從鬯，表示盛酒，從「又」，以手持之，以後也改「又」為「寸」，仍是為了適應「爵位」這種等級制度的變化的。我們可以看到，很多應當從「又」的字，都是表示用手操作的事物，到周秦時代的篆隸中，有相當一部分演變成「寸」了，除「尊」字外，還有「封」、「射」、「尉」等，小篆新造的「耐」、「尋」、「導」、「辱」、「寺」等字也從「寸」。這也是因為「寸」的構意表示法度，周秦的等級制度使法度觀念被引

進造字，才產生了這種構形的演進。這種變化，是社會變化與人的意識變化的反映，可以從中觀察漢字攜帶的文化信息。

　　漢字的分化孳乳，既受語言的推動，又受文化的制約。例如：

　　「享」字甲骨文寫作 或 ，像宗廟之形，本義是進獻祭物。《說文解字》有 與 兩形，解釋作：「，獻也。从高省，曰象進孰物形。《孝經》曰：祭則鬼言之」。漢代以後，這個字逐漸分化為三個形音義不同又互有聯繫的字：

　　⑴「享」，音「許兩切」，今讀 xiǎng，具有「享獻」與「享受」兩方面的意思，符合漢語施受同詞的特點。

　　⑵減一筆作「亨」，讀「許庚切」，今讀 hēng，主要意義是「亨通」，通於上即得到鬼神的福佑，所以引申為「順利」、「運氣好」。

　　⑶加「火」作「烹」，讀「匹庚切」，今音 pēng。這是一個後出分化字，專門承擔「烹飪」的意思。

　　三字的分化充分反映了古代烹飪的重要特點，即：供給活人膳食與供給鬼神祭品是烹飪的兩大目的。「享獻」與「烹飪」用字的同源，並不是這兩個意義的邏輯上的相通，

而只是因為某種文化現象而相關。

4.意義相關的漢字構形與構意反映出文化觀念

將語言意義同類的字聯繫在一起，比較它們的構形與構意，有時可以看出文化的觀念。以味感字為例。甲骨文中的「酉」是酒的本字，「鬯」是古代祭祀用的香酒，所以，「酸」與「䣼」（辛）構形都與酒有關。「鹹」與「盬」（苦）構形都與「鹵」即鹽有關，說明這兩個系統的味感都是從實物中體會出來的。唯有「甘」、「甜」從「口」從「舌」，是無味之味，也就是一種經過諧調沒有不適之刺激的味感。我們可以因此理解五味的系統：甘（以及後來發展出的「甜」），是本味，原味，入口無刺激，似乎無感覺而實際上是一種舒適感。《春秋繁露》說：「甘者，五味之本」，《淮南子・原道》說：「味者，甘立而五味亭矣」，《莊子・外物》說：「口徹為甘」。酸、辣、鹹、苦都是別味，入口有刺激感。所謂調味，指中和多種別味，使其適中，達到「和」的高標準。在五味中，甘與其他四味的總體形成對立，又與其他四味分別對立：甘與鹹是調味的增減因素，加鹽則五味均可加濃，調以甘滑則五味均可淡化。甘與苦是調味的疾緩因素，所以有「甘而不固」、「苦而不入」之說。甘與酸不但表現在調味上，還表現在果實的生熟上，

果熟則甜，果生則酸。上述味感字的構形特點，恰恰表現了已經形成的詞義系統。在這裡，漢字可作為上古中國人分辨五味觀念的確證。

　　需要說明的是，漢字可以在不同程度上存留歷史文化和造字時人類觀念的痕跡，這是漢字的表意性質決定的。這些歷史文化信息一般存留在一個或一組漢字的構形理據之中。但是，造字屬於不同時代，隨著構形和語義的發展演變，各種不同字樣的形體中的表意成分也會隨著時代發生變化，即使是今天所見的甲骨文，也未必是最早的漢字，每個字樣造字或演成的準確時代難以確考，它對歷史文化的見證作用就難以作為一種科學的證據，最多可以是一種假說。漢字的構形不是照相，而是一種特徵的勾勒，必須有較多的雷同，才能夠歸納出一點信息，而且是籠統的信息，想到字形中去找故事，去證明具體的史實，是很難做到的。何況，構形反映出的文化信息，只有在對具體意象的描述時才能做到；而漢字的構形系統逐漸向形聲化發展，一切都漸漸概括、類化，信息量還要逐步減少。對漢字攜帶歷史文化信息求之太過的情況，比比有之。例如，有人以為甲骨文中有很多字是表示階級鬥爭的；也有人認為漢字很多字形描述了伯夷、叔齊不食周粟的故事；有人

說,《說文解字》的《山部》、《水部》字中暗含了河圖洛書的真意……這些都是無法驗證的說法，也違背漢字的實際。誇大漢字對歷史文化的解釋作用，在例證不足、文獻依據不足的情況下，憑著個別的字形，猜測編造似是而非的故事或者附會某一具體史實的做法，是不足取的。要利用構形與構意的科學知識，學會判斷材料，恰當地處理材料，準確地開掘有意義的現象，不要誇大方寸之間的漢字證明文化的作用，才能避免產生沒有根據的荒謬說法。

　　還需要說明的是，漢字構形構意與歷史文化的關係，一般適合在有了一些歷史知識的高年級講解，涉及到古文字字形，應當只講，不要求記和寫，以免增加學習負擔。

附 1：漢字構形學術語表

說　明

　　一、本表收集漢字構形學術語，並根據漢字構形學理論體系，給出每個術語的定義。本術語表一律不舉例，所有例證請參考各講正文。

　　二、每條術語的最後，用括號注明該術語首次出現解釋的講次和頁數，以備查檢。例如：首次出現在第一講第 5 頁，標示為 (1.005)。

　　三、同質異名的術語，和必須連帶解釋的術語，只在主條目內解釋定義，副條只出術語，不再解釋定義，採取互見的方式與主條溝通。但在條目後用括弧注明副條自身首次出現解釋的講次和頁數。例如：「廣義分化字」為「廣義分化」的副條，首次解釋出現於第五講第 100 頁，標示為 (5.100)。

　　四、下位概念的術語，先在上位概念術語中列出，然後再分別列目解釋定義。

　　五、本表中的術語定義，大部分與各講正文一致，少部分是由正文的闡述中歸納出來的，可與正文相互參照。

　　六、為便於掌握術語之間的關係，本術語表按出現先後排列。

漢字學：以漢字為研究對象建立起的一門學科。包括漢字構形學、漢字字體學、漢字字（形）源學、漢字文化學等四個分支。(1.001)

漢字構形學：以探討漢字的形體依一定的理據構成和演變規律為研究對象的一門基礎科學，其中演變規律包括個體字符的構成方式和漢字構形的總體系統中所包含的規律。漢字構形學是著重描寫的科學 ， 也是漢字學各分支的基礎。(1.002)

漢字字體學：探討漢字字體風格特徵以及變異字體——行書和草書——變異規律的一門科學。(1.002)

漢字字體：指不同時代、不同地區、不同用途（鼎彝、碑版、書冊、信札等）、不同書寫工具（筆、刀等）、不同書寫方法（筆寫、刀刻、範鑄等）等原因，經過演變形成的相對固定的式樣特徵和體態風格的大類別。(1.002)

漢字字（形）源學：研究漢字最初構形方式，也就是探討漢字的形源（即字源）的一門科學。主要任務在於儘量找

出漢字的最早字形，尋找每個字構字初期的造字意圖。
(1.003)

漢字文化學：指從歷史文化和社會歷史環境出發，對漢字
個體字符構形的狀態及其原因、漢字構形總體系統及其演
變的歷史原因加以解釋的科學。包括宏觀漢字文化學和微
觀漢字文化學。(1.004)

宏觀漢字文化學：把漢字看成一種文化事象，並把它的整
體放在人類文化的大背景、巨系統下，來觀察它與其他文
化事象關係的科學。(1.004)

微觀漢字文化學：研究漢字個體字符構形和總體構形系統
所攜帶的文化信息，並進行分析、加以揭示的科學。
(1.004)

依理拆分：按照構形理據和結構次序將個體漢字分析為最
小構件的做法稱作依理拆分，又稱有理據拆分。(1.015)

依形拆分：不考慮理據，僅按漢字形體中構件的相離狀態

將個體漢字分析為構件的作法稱作依形拆分，又稱無理拆分。(1.015)

表音文字：根據語言中與之相應的某一個詞的聲音來構造形體的文字體系叫表音文字，有音素文字、音節文字等類型。(2.023)

表意文字：見「構意文字」。(2.023)

構意文字：根據語言中與之相應的某一個詞的意義來構造形體的文字體系。也叫表意文字。(2.024)

（世界文字發展）三階段論：這種理論認為，世界文字發展要經歷表形（象形）、表意、表音三個階段。這三個階段的進步性是遞進的，也就是說，表音文字優於表形、表意文字。(2.024)

世界文字發展兩種趨勢論：這種理論認為，世界文字大都起源於圖畫與刻符，首先進入表形（象形）文字，再向下發展時，呈現出表音與表意兩大趨勢。兩種發展趨勢特點

不同，優劣互補，沒有先進與落後之分。(2.025)

強化形聲字：象形字構成以後，由於識別的需要，增加聲音或意義信息，由此而形成的形聲字為強化形聲字。(2.030)

分化形聲字：一個字具有較寬泛的義域或承擔多個義項，為分化它的記詞職能，增加或改變表義構件，由此而形成的形聲字，稱為分化形聲字。包括借義分化、廣義分化、引義分化三種類型。(2.032)

借義分化：假借字與本字共享一字，加表義構件將它們分化。(2.032)

廣義分化：漢字所記錄的詞義域比較寬泛，後來為了區別，分化出義域較狹窄的新詞，同時分別加表義構件或另改表義構件分化出意義指向更具體的字，稱作廣義分化。廣義分化前的字，稱作源字，分化出的字，稱作廣義分化字。(2.032)

引義分化：當漢字所記錄的詞引申出新的意義時，增加或改變表義構件分化出新字，分別承擔原有義項與引申義項，稱作引義分化。分化出的新字，不論承擔哪個義項，均稱引義分化字。(2.032)

類化形聲字：形聲字的格局形成後，有些本來不是形聲字的字，受同類字的影響也加上了義符，這類形聲字稱為類化形聲字。(2.033)

構意：漢字形體中可分析的意義信息，來自原初造字時造字者設計字形的意圖。也稱造意。(3.036)

造意：見「構意」。(3.036)

構件義化：象形構件象物性淡化，成為具有聲音和意義的字參加構字體現構義，稱為構件義化。(3.040)

構意不明：早期的古文字中，有一部分漢字由於資料不足，構意難以解釋，根據表意文字必以詞義為依據結構字形的推論，這些字不應沒有構意，理論上稱作構意不明。

(3.045)

理據重構：漢字形體因書寫變異不能與意義統一時，在使用者表意意識的驅使下，重新尋求符合新的構形系統的構意去與它的新形切合，或按照它的意義重新設計構形，稱之為理據重構。(3.046)

理據部分喪失：在字體演變中，有些字部分構件發生了變異，構意喪失，但還有一部分仍保留理據，稱為理據部分喪失。喪失理據的構件，稱為記號構件。(3.049)

理據完全喪失：在字形隨字體的演變中，有些字由於構件的無理變異或構件的粘合，在視覺上完全失去了構意，稱為理據完全喪失。(3.050)

望形生義：用已經喪失理據的字形任意附會構意，或憑主觀推測亂講構意，稱作望形生義。(3.052)

記號構件：見「理據部分喪失」。(3.055)

筆畫：漢字的書寫單位。廣義的筆畫包括刻寫、翻鑄、軟硬筆描寫所實現的刻痕（甲骨文、石刻、磚刻、竹木簡等）、鑄跡（金文）、線條（篆文）、筆畫（帛書、隸書、楷書）。狹義的筆畫僅指隸楷等今文字中可以稱說、可以論序、可以計數的書寫單位。(4.059)

筆形：筆畫寫成以後的樣式，稱作筆形。楷書的基本筆形有橫、豎、撇、捺、折、點幾類。(4.061)

行筆：通過筆畫寫出一個漢字叫做行筆。描述其特徵可從筆勢、筆態和筆意三方面入手。(4.065)

結體：已寫出的完整漢字結構的狀態叫做結體。描述其特徵可從外部輪廓、構件布局、空間疏密、全字重心四方面入手。(4.065)

構件變體：構件由於書寫的原因，產生了省減筆畫或其中一部分構件、改換構件放置的方向、改變某些筆形或兩個以上構件粘連的現象，稱作形體變異。變異後的構件，可以與正體構件認同，認同後仍具有與正體相同的構意，稱

作構件變體。楷書的構件變體有省減變體、置向變體、筆形變體及粘合變體等類別。(4.067)

省減變體： 由於書寫的原因，某些構件產生筆畫或其中一部分構件省減的現象，稱作省減變體。(4.067)

置向變體： 由於書寫的原因，某些構件產生改變放置方向的現象，稱作置向變體。(4.067)

筆形變體： 由於書寫的原因，某些構件產生一些筆形改變的現象，稱作筆形變體。(4.068)

粘合變體： 由於書寫的原因，某些合體構件產生兩個以上構件粘連的現象，稱作粘合變體。(4.068)

平面結構： 由構件一次性集合而成的漢字組合類型，稱為平面結構。平面結構大多具有圖形性，包括形義集合型和物象組合型兩種。(4.069)

形義集合型： 在平面結構的漢字中，把多個意義信息集在

一起來表示總的字義的類型稱為形義集合型。(4.070)

物象組合型：在平面結構的漢字中，按照具體物象的關係組成圖形來描述字義的類型稱為物象組合型。(4.070)

層次結構：由構件分作若干層次逐步累加而構成的漢字組合類型，稱為層次結構。(4.072)

綜合結構：由平面組合和層次組合綜合構成的漢字組合類型，稱為綜合結構。(4.075)

有理據拆分：見「依理拆分」。(4.076)

無理拆分：見「依形拆分」。(4.076)

超系統形體：由於不合理拆分形成的、構形系統不能容納、無法解釋的形體叫做超系統形體。(4.076)

構件：當一個形體被用來構造其他的字，成為所構字的一部分時，我們稱之為所構字的構件。也稱部件。(4.080)

部件：見「構件」。(4.080)

基礎構件：構成漢字的最小構件，也就是無法再行拆分的構件稱基礎構件。也叫形素。(4.080)

形素：見「基礎構件」。(4.080)

直接構件：直接構成全字的構件，稱作直接構件。全字的造字意圖是通過直接構件來體現的。(4.082)

過渡構件：處在直接構件和基礎構件之間的構件，稱作過渡構件。(4.082)

成字構件：既能獨立成字，又能參與構字、體現構意的構件，叫成字構件。這種構件本身就是一個完整的字，與漢語中的某個詞或詞素對應。(4.083)

非字構件：只能依附於其他構件來體現構意，不能獨立用來記錄語言的構件，叫非字構件。(4.083)

單筆構件：少數構件是單筆畫的構件，這種構件應具雙重身分：在書寫時，稱為筆畫；進入構形體現構意時，稱為單筆構件。(4.088)

結構功能：構件在構字時所承擔的構意類別，稱為這個構件的結構功能。也稱構意功能。漢字構件的結構功能有表形、表義、示音、標示四種。(5.089)

構意功能：見「結構功能」。(5.089)

表形功能：構件用與物象相似的形體來體現構意，即具有表形功能。具有表形功能的構件，稱為表形構件。(5.089)

表義功能：構件以它在獨用時所記錄的詞的詞義來體現構意，即具有表義功能。具有表義功能的構件，稱為表義構件。(5.094)

示音功能：構件在構字時與所構字的語音相同或相近，用提示語音的方法與同類字區別，即具有示音功能。具有示音功能的構件，稱為示音構件。(5.098)

示源功能：在具有示音功能的構件中，有一部分同時可以提示詞源意義，即為示音兼示源功能。具有示音兼示源功能的構件，稱為示音兼示源構件。(5.099)

廣義分化字：見「廣義分化」。(5.100)

引義分化字：見「引義分化」。(5.100)

標示功能：構件不獨立表示構意，而是附加在另一個構件上，起區別和指事作用，即具有標示功能。具有標示功能的構件，稱為標示構件。(5.102)

構形模式：構件以不同的功能組合為全字，從而體現構意的諸多樣式，稱為構形模式。(6.106)

結構－功能分析法：運用構件不同功能組合漢字體現構意的方法來分析漢字的構形模式，為漢字的構形作窮盡分類，稱作結構－功能分析法。(6.106)

全功能零合成字：由一個單獨的成字構件，也就是一個形

素構成的構形模式。全功能零合成字包括傳承式零合成字和粘合式零合成字兩種類型。(6.107)

傳承式零合成字：由古文字的獨體象形字直接演變來的全功能零合成字。(6.107)

粘合式零合成字：古文字階段的合體字，經過隸變、楷化發生變異，構件粘合而無法再分析的字。(6.108)

標形合成字：由表形成字構件加上標示構件而形成的合成字，即為標形合成字。(6.109)

標義合成字：由表義成字構件加上標示構件而形成的合成字，即為標義合成字。(6.111)

標音合成字：由示音成字構件加上標示構件而形成的合成字，即為標音合成字。(6.112)

會形合成字：由兩個以上的表形構件組合並表示一個新的意義的合成字，即為會形合成字。(6.113)

形義合成字：用表義與表形構件組合在一起，表示一個新的意義，即為形義合成字。(6.114)

會義合成字：用兩個以上的表義構件組合在一起，表示一個新的意義，即為會義合成字。(6.116)

形音合成字：用表形構件與示音構件組合的合成字，即為形音合成字。(6.117)

義音合成字：用表義構件與示音構件組合的合成字，即為義音合成字。(6.118)

綜合合成模式：由多個表形、示音、表義、標示構件合成的構形模式。(6.122)

構意半存字：合成字的直接構件裡有一個是記號構件，不可能界定構形模式的字，稱為構意半存字。(6.126)

無構意字：構件都是記號構件，完全喪失構意的字，稱為無構意字。(6.127)

構形屬性：對分析漢字的形體起作用的動態的或靜態的特性，統稱構形屬性。漢字的構形屬性包括構件組合的動態特點、結構的級層數、各級構件及其功能、構件的組合樣式等四個方面。(7.128)

平面圖式：漢字通過一定的模式組構之後，構件呈現出平面的、顯示各構件位置關係的幾何圖樣，也就是漢字結構靜態的樣式，稱為平面圖式。(7.133)

字樣：在同一種形制下，記錄同一個詞，構形、構意相同、寫法也相同的字，歸納為一個字樣。(7.136)

異寫字：在同一體制下，記錄同一個詞，構形、構意相同，僅僅是寫法不同的字樣，稱作異寫字。(7.137)

字位：異寫字認同後，歸納到一起，稱為一個字位。(7.137)

異構字：音義相同、記錄同一個詞、僅僅形體結構不同，而在任何環境下都可以互相置換的字，稱作異構字。

(7.142)

字種：異構字聚合在一起，稱為一個字種。(7.143)

局域異構字：在某一時期曾經是異構字，其後一行一廢，發展不同的兩個字稱作局域異構字。(7.150)

字用分合：早期文字數量偏少，不夠使用，一個字兼記兩個詞（語素），即「本無其字的假借」；發展到一定的階段，原來併和的字用，利用同一字位中不同的字樣也就是異寫字分配不同的詞 （語素）， 這種現象稱作字用分合 。(8.154)

同位分化：不保留上位詞，義域均勻切割的廣義分化，稱為同位分化。(8.158)

下位全程分化：保留上位詞，上位詞獨用。每一個下位詞的意義都包含在上位詞內。這種廣義分化稱為下位全程分化。(8.159)

下位半程分化：保留上位詞，上位詞同時兼用作下位詞之一的廣義分化，稱為下位半程分化。(8.160)

轉寫：用一種字體刻畫另一種字體字樣的作法，稱作轉寫。將古文字轉寫為楷書字體，叫做隸定或隸古定。將草書轉寫為楷書，叫做草書楷化。(8.163)

隸定：見「轉寫」。(8.163)

隸古定：見「轉寫」。(8.163)

草書楷化：見「轉寫」。(8.165)

復形：由後世的字形沿著傳承關係認同的線索追溯之前的構形，以瞭解其更早的構意，稱作復形。(8.166)

直接繼承：漢字經過發展，因為總的形制變化，產生不同的筆法。但構形屬性與構意解釋沒有發生變化，全然可以斷定是同一個字。這類傳承稱作直接繼承。(8.167)

變異傳承：漢字經過發展，構形屬性沒有發生變化，只是基礎構件或一部分構字能度較大的複合構件的樣式發生了變化，直觀看來不像同一個字，但只要通過構形分析，將基礎構件認同，很容易分析出它們的形體傳承關係。這類傳承稱作形體變異傳承，簡稱變異傳承。(8.167)

漢字構形系統：在共時歷史層面上同一形制的漢字總體，有自己的構形元素、組合層次與組合模式，其個體字符互相關聯，內部呈有序性，這種符號的系統性稱漢字構形系統。(9.175)

基本元素集：共時的同一形制漢字中所有基礎構件的集合，稱為基本元素集。(9.177)

形位：將寫法微殊、來源相同、構意相同的形素歸納到一起，稱作一個形位。形位是在同一歷史層面上的漢字經過規整後被歸納的形素群體。(9.178)

形位主形：從同一形位的字樣中，按照通用性、傳承性、理據性、適度簡約性的條件，優選出其中的一個字樣，作

為這一形位的信息代碼，來指稱這一形位，稱作形位主形，其餘字樣則稱作這個形位的變體。(9.178)

形位變體：見「形位主形」。(9.178)

字位代表字：從同一字位的異寫字中，按照通用性、傳承性、理據性、適度簡約性的條件，本著其基礎構件與形位主形儘量一致的原則，優選出其中的一個字樣，作為這一字位的信息代碼，來指稱這一字位，稱作字位代表字。其餘異寫字則稱作這個字位的變體。(9.187)

字位變體：見「字位代表字」。(9.187)

小篆構形系統：專指許慎在《說文解字》一書中所構建的構形系統。這一構形系統相當嚴密，說明許慎的系統觀念是比較理性的，但其表現是內在的，經過描寫可以顯現。(9.195)

初期積累字：基礎教育識字教學開端時期，用以突破零優選的字集。(10.209)

漢字效用遞減率：漢字數量增多，能夠覆蓋閱讀文本的比例隨之增加的差距卻逐次減少，到一定數量後，覆蓋率的比例幾乎不再增加。 這個定律稱作漢字效用遞減率。(10.211)

兒童心理詞典：不同年齡段的兒童所能理解和使用的詞的集合，稱作兒童心理詞典。在兒童心理詞典中的詞，對兒童來說， 音與義都是已知的， 有利於漢字的初期教學。(10.215)

造字理據：造意一旦為使用的群體所公認，便成為一種可分析的客體，稱作造字理據。(10.225)

附2：2002 版前言

　　漢字學從傳統「小學」到古文字學，已經發展到一個相當深入的程度，但是，那些研究成果，在教學和普及領域，仍然難以被一般人接受。不論是學習傳統「小學」，還是學習古文字學，入門都很困難。深究其原因，實在是因為漢字學缺乏基礎理論，沒有最基本的理論體系將初學者引進門的緣故。1999 年，我們設計了一份關於漢字學基礎知識的問卷，在 541 位中小學老師中進行調查，內容都是非常簡單的屬於「小兒科」的問題，結果，回答的錯誤率占到大約 68%，有的問題錯誤率高到 92%。為此，我們一直在探索如何從已經發展比較深入的傳統「小學」和古文字學中，把最基礎的部分抽取出來，給初學者和普及領域建立一種基本原理，以便多數人能對漢字有一個科學的認識。這些年，漢字的應用領域由於缺乏宏觀和基礎的理論導引，也出現了一些說不清道不明的問題，迫使我們加快創建基礎理論的步伐。我在《我和中國的傳統語言文字學》一文中曾經說過 ：「總結基礎理論的確是一種不易被承認的工作。一種現象，初接觸時迷惘困擾，腦子裡翻江倒海，一旦弄明白了上升到理性，說出來卻是如此平淡無奇。凡

是總結得成功的規律都是十分平易的，不像解讀一個誰也不認識的生僻字那樣顯得功夫深。」在總結漢字構形基礎理論時，我們也經歷了這樣一個過程。

總結漢字構形學的基礎理論，我是從 1985 年研究小篆構形系統開始的。歷時四年，到 1989 年，在構形系統描寫的基本操作方法確立後，為了考驗一些基本的原理和方法是否適用於歷代的、各種字體的漢字，我請十幾位博士用其術語系和操作程序先後對甲骨文、西周金文、春秋金文、戰國楚帛書文字、戰國三晉文字、睡虎地秦代古隸、馬王堆帛書文字、居延漢簡文字、東漢碑刻文字、唐代碑刻文字、宋代雕版和手寫文字等實際應用的共時漢字，進行了認真地整理，對其構形系統進行了一一地描寫。其結果，極大地增強了我對漢字構形具有系統性這一理論原理的信心。為了考驗這一基礎原理是否適用於應用領域，1997年，我把漢字構形學比較完善的操作方法運用於信息處理，用現代漢字的部件規範，證明現代漢字也是具有系統性的。為了考驗這些最基本的原理是否平易，能不能被基礎教育第一線的老師們接受，1995 年，我應《中國教育報》約稿，用一整年的時間，在語言文字版連載了《漢字構形學講座》，同時把漢字構形學的最基本的內容，引進了

　　由我主編的北京市小學教師自學考試的教材《漢字漢語基礎》，在此過程中，我收到了許許多多中小學老師的來信，幫助我進一步把漢字構形學的基礎原理完善和進一步通俗化。在 2000 年北京召開的全國小學識字教學研討會和香港召開的 2000 年國際語文教學研討會上，我把《漢字構形學講座》略作修改，配合我所作的《漢字教學原理和各類教學方法的階段適應性》的發言，印給老師們徵求意見。在得到意見反饋後，我對《漢字構形學講座》作了修改補充，把它印出來，以便就教於專家與同行。

　　這本《漢字構形學講座》的小冊子，是在《中國教育報》連載的十二講基礎上多次修改補充的，希望用最少的篇幅把在識字教學裡能用和比較好用的部分凝縮起來講一講，因此，我第一追求的是簡要和平易，而不追求高深。漢字問題涉及的方面很多，哪些屬於最基礎的，很難把握。要簡要，就容易掛一漏萬；要平易，就難以透徹。還有許多問題，只有在《漢字構形學導論》一書出版時再涉及了。

　　感謝在基礎教學第一線的許多老師，他們從 1995 年至今，一直在幫助我把漢字構形學和漢字教學結合起來，並且告訴我哪些內容還需要增補，使這個講座從《中國教育報》的 21000 字增加到現在的 47000 字。

　　希望我們的工作能引發更多的人重視漢字學基礎理論的建設，重視漢字學基礎理論在教學實踐中的運用。

王　　寧

2001 年 9 月

中國字例

高鴻縉 著

第一篇 總敘代
第二篇 象形
第三篇 指事
第四篇 會意
第五篇 形聲字
第六篇 轉注
六書與通叚

中國字例　高鴻縉　著

此書列舉字例，每字均附甲骨文、金文、小篆、隸書及楷書，並引《說文》大、小徐本說解，下添諸家見解，以案語論述己見，分別就字的形、音、義流變及六書分野加以闡論。書末更詳細論釋《說文解字・序》之內容，遍及六書體例及文字學多項內涵，俾使讀者可以深入瞭解許慎之學說。